LA NUIT EST VIERGE

W0373015

Jaime Bayly

La nuit est vierge

roman

Traduit de l'espagnol (Pérou)
par Isabelle Gugnon

Ouvrage traduit avec le concours du Centre National du Livre

Titre original :

LA NOCHE ES VIRGEN

adventice

© 1994, Jaime Bayly.

Traduction française © 2007, Éditions Adventice, 8 rue du Fbg Poissonnière 75010 Paris

Photo © Serge Kozak/Zefa/Corbis

ISBN 978-2-9524-0745-8

à moi-même, bien que je ne le mérite pas

parfois tu dois être une pute

pour que les choses aillent comme tu veux.

madonna, the rolling stones files

deux personnes qui s'embrassent

ressemblent toujours à des poissons.

andy warhol, ma philosophie de A à B et de B à A

I

j'ai vu mariano pour la première fois au cielo. c'était un jeudi soir. j'étais avec jimmy. j'adorais sortir avec lui. il était si beau, si doux. on fumait pas mal de marihuana quand on était ensemble. on fumait en faisant des tours en voiture dans miraflores et san isidro. jimmy avait une volkswagen blanche avec des sacrées reprises. il mettait toujours de l'excellente musique : sting, peter gabriel, winwood, paul simon. c'était le pied d'écouter cette zique à fond, de regarder le profil rieur de jimmy, de voir défiler les rues de lima. on planait, on s'échappait un peu de la merde de cette ville.

ce soir-là, pour changer, on avait fumé. je devenais très timide après avoir fumé, plus timide que je ne le suis en temps normal. j'osais à peine parler. quand j'étais stone, j'aimais seulement regarder, écouter. je préférais me taire. je la bouclais. j'évitais les mots. dès que j'ouvrais la bouche, j'avais l'impression d'avoir dit une imbécillité.

je me sentais très timide après avoir fumé de la marihuana. c'était inévitable.

le cielo n'était pas très bondé quand on est arrivés, jimmy et moi. le garçon à moitié extraterrestre posté devant la porte me saluait toujours avec beaucoup de respect. il me tendait la main (une main moite), me félicitait avec effusion, me racontait une blague à la con. il n'était pas bien épais, ce môme. mais sympa. il ne me faisait jamais payer l'entrée (il avait du discernement). ce soir-là non plus il ne m'a pas fait payer.

la première chose que je vois en entrant au cielo est un nuage dense de fumée. tout le monde clope à mort. il n'y a pas foule, mais l'endroit est plein de fumée. je déteste la fumée. elle m'irrite les yeux, la gorge. elle me laisse une odeur atroce dans les cheveux. je me dis *tous ces connards ne savent pas qu'ils se remplissent les poumons de cancer ou quoi ?* peu importe. te fais pas de bile, coco. on est au pérou. autant t'y faire. et marre-toi avec jimmy. jimmy sait vivre au pérou. il ne se prend pas le chou pour des conneries. il vit au jour le jour, profite de l'instant présent, ne se gâche pas la vie en pensant qu'il faut s'en aller. moi, si. toute la journée, je me dis que c'est merdique, que je vais bientôt partir d'ici.

on entre au cielo. je baisse la tête comme si je me cachais. je ne veux pas qu'on me reconnaisse, qu'on m'adresse la parole. ne serait-ce qu'aujourd'hui, je vous demande de ne pas m'emmerder : je ne suis pas le clown qui passe à la télé. je suis à moitié gay, j'adore la fumette et je fais moins de chichis que sur le petit écran . au cas où vous ne le sauriez pas, la télé est faite pour les grands menteurs (comme moi).

jimmy ne me dit rien, mais il sait parfaitement que je veux rester dans l'ombre. lui aussi marche légèrement tassé, non pour éviter qu'on le reconnaisse mais parce qu'il est comme ça, timide, et qu'en plus il est grand. je suis grand moi aussi, mais pas autant que lui. jimmy est réellement très grand. si je voulais l'embrasser –je n'y ai jamais songé sérieusement, mais maintenant que j'y pense, ce serait vraiment bon–, il faudrait que je me mette sur la pointe des pieds.

on s'accoude au bar, plutôt timides, tournant le dos aux gens. des gars débraillés donnent un concert. ce qu'ils font n'est pas si mauvais : disons que leur musique n'agresse pas l'oreille. parfois, des types imprésentables montent sur scène et vraiment, je ne sais pas pour qui ils se prennent :

dans ces cas-là je me rappelle avec nostalgie l'autobus incompris qui jetait de l'eau pendant les manifestations. mais les musiciens de ce soir ont un bien meilleur son. ils se laissent écouter. j'ai hâte de me retourner pour voir la tête du chanteur. mais non, pas encore. je ne veux échanger de regards avec personne. je ne veux pas qu'un crétin me sorte *dis donc, vieux, raconte un peu ce qui t'a pris de traiter ce connard d'alan de fou.* alan n'a qu'à te le raconter lui-même, mon petit coco.

le même type que d'habitude est de service au bar, un gros avec une sacrée tronche de sniffeur de coke. je ne voudrais pas être impoli, mais tu es vraiment moche, mec. tu devrais faire un masque avec ta tête et le vendre à halloween. crois-moi : tu te ferais plein de fric. mais ce petit gros est sympa. il porte toujours sa chemise à demi déboutonnée et a un petit stylo en or (qui n'écrit pas) dans sa poche. à qui tu l'as fauché, ce stylo, tête de lard ? le petit gros me voit. me salue. des yeux sans plus. il sait que les embrassades me font chier. le voilà qui s'approche. il est petit, voûté et bedonnant. il va bientôt mourir, c'est sûr. il est encore jeune mais il ne va pas faire de vieux os. ça m'étonnerait vraiment que quelqu'un regrette ce défoncé de première.

jimmy commande une bière. moi, un coca. *putain, gabrielillo, sois pas con et prends-toi une mousse* me dit jimmy. *non, jimmy, pas question, un coca et c'est tout. pourquoi, mon vieux ? arrête de faire le délicat. je n'aime pas la bière, jimmy. putain, tu es vraiment incroyable, gabrielillo. je préfère le coca, jimmy, je trouve ça meilleur. si tu le dis, gabrielillo, si tu le dis.*

moi, tout ce que je dis c'est que tu me plais, jimmy. mais ça, je le garde pour moi. parce que je ne veux pas tout foutre en l'air. il y a des choses bien enfouies que je préfère ne pas te dire pour le moment. quant à la bière, institution très péruvienne, je m'en passe. les ivrognes n'ont qu'à picoler. pour moi, du coca et c'est tout. je sais que les mauvais esprits pensent *il ne picole pas parce qu'il est pédé et quand il boit, on voit tout de suite que c'est une grosse folle.* mais ce n'est pas la vraie raison, mon cœur. je ne picole pas parce que ça ne me réussit pas quand j'ai fumé et que ça me met dans des états pas possibles. ce que j'aime, c'est être stone, bien stone, pas bourré.

le petit gros nous sert nos consommations. sers-nous, mon joli loulou. qu'est-ce que tu as, tu es constipé ou quoi ? je lui demande *c'est combien, mister* ? il me répond *cinq sols*. je sais que ça l'emmerde que je lui dise *mister*.

c'est pour ça que je l'appelle comme ça. il n'aime pas qu'on lui dise *mister* parce que c'est un petit blanc et que de toute sa vie, il n'a jamais imaginé un seul instant qu'il finirait caissier dans un pub de miraflores fréquenté par des fumeurs de shit qui se donnent des airs de rockers. il sait qu'il est un looser, que ses copains d'école lui ont déjà réglé son compte et en beauté, et c'est la raison pour laquelle ça lui casse les couilles qu'un type maigre au teint blafard et stone comme une vache vienne le traiter de *mister* en lui adressant un petit sourire juste pour l'emmerder. c'est pour ça que je te dis *mister*, tête de lard. pour te faire souffrir. tiens, encaisse. *c'est pour moi, jimmy : pour le plaisir d'être en votre compagnie, maestro. merci, gabrielillo, avec toi on ne peut jamais payer, tu nous prends toujours de vitesse.*

c'est vrai, je paye toujours quand je suis avec jimmy. je n'aime pas qu'il règle la note. jimmy est super ordonné, économe, s'achète une télé de je ne sais combien de pouces (après, il la mesure pour vérifier), va skier à portillo, se branle trois fois par semaine à jours fixes, le mardi, le jeudi et le samedi. jimmy est un gars qui sait ce qu'il veut. moi pas. moi, je ne sais pas comment je me débrouille pour me faire autant de tune, mais j'ai toujours du liquide à claquer en beuh et en tournées éclusées par mes requins d'amis.

bien sûr, tu ne fais pas partie du lot, jimmy. toi, tu es nickel. mais il y a d'autres piranhas qui me saignent. par exemple matías, ce petit salaud qui est si craquant. (je parlerai de toi une autre fois, matías. pas aujourd'hui. aujourd'hui, je ne m'occupe pas de la province.)

bref, je prends une petite lampée de coca et c'est vraiment bon de s'hydrater enfin la gorge. tous ceux qui ont déjà fumé un gros pétard savent qu'après, on crève de soif. moi, j'ai hâte de boire un truc bien glacé quand j'ai fumé de l'herbe. j'ai la gorge, la langue, les lèvres sèches. je zozote comme un député de province. jimmy aussi. mais on s'en fout, on est prêts à tout pour être stones, pour oublier que la vie à lima est une putain de galère.

les petits rebelles jouent toujours. leur musique n'est pas mal du tout. je veux jeter un œil sur le garçon qui chante. je me retourne. la vache, j'en suis tout chose. scotché. il me plaît. il me plaît beaucoup. je ne sais pas si c'est parce que je suis défoncé, mais le garçon qui est au micro me plaît beaucoup-trop.

maintenant c'est comme si je te voyais, mariano : tu étais maigre, tu avais les cheveux longs, tu portais un pantalon de cuir noir bien moulant et une chemise de soie noire bien trempée car tu suais à grosses gouttes, tu t'amusais bien là-haut, sur scène, à interpréter les chansons mortelles que tu avais écrites avec un kilo de marihuana dans la tronche, et tu voyais quinze ou vingt mollassons te regarder en extase et tu te prenais pour bono, de U2, pendant cette soirée enchantée au cielo.

j'avoue que tu me plaisais à mort, mariano. quand je t'ai vu, je me suis dit *ce garçon est un lunatique mais on a envie de le mordre partout.*

tu étais divin, mon cœur. d'une maigreur du style amant de kate moss qui s'envoie un bon fix d'héro au petit-déjeuner ; blanc/pâlichon car tu ne vas jamais à la plage (et ce n'est pas pour te protéger du soleil assassin qui donne des rides, mais plutôt parce que tu n'as pas de voiture) ; effronté, en fait. j'adorais ton culot olympique. les gens insolents et aguicheurs me fascinent. et toi, tu ne manquais pas d'air, mariano, je m'en suis rendu compte tout de suite. tu avais une de ces façons de promener ta queue sous les yeux des petites nanas ébahies. tu savais qu'on te regardait en ayant (de plus en plus) envie de toi. moi, j'avais la gorge sèche à force de te scruter/de te désirer.

sans parler de ton petit froc noir : quel mauvais garçon tu étais, un gosse de la rue. tu étais trop provocant avec ton paquet bien serré, bien moulé. et je t'en prie, ne me dis pas que tu avais mis ce pantalon par hasard, mon salaud. tu avais dû au moins en essayer une centaine avant d'enfiler celui en cuir, celui qui te donnait le plus l'air d'une pédale.

c'est justement pour ça que tu m'as tellement plu, mariano, parce que ça sautait aux yeux que tu étais un énorme pédé. et parce que tu chantais comme un dieu. ce n'est pas pour dire, mais je dois reconnaître maintenant que tu chantais vraiment bien. pas comme les paumés qui passaient d'habitude au cielo et avaient beau y mettre du leur, ils ne faisaient qu'aboyer. pas toi, mariano : toi, tu avais un truc qui donnait envie de te faire plein de trucs.

sans m'en apercevoir, j'étais déjà en train de m'agiter sur tes chansons dûment répétées. jimmy aussi. mais jimmy vit pour la musique, tu lui mets une bonne chanson et il se connecte aussitôt, il bouge. jimmy, c'est un gars qui aime rigoler. un mec vraiment sympa. (tu me manques à mort, jimmy boy. un de ces jours je vais t'écrire.)

j'ai dit à jimmy *il chante bien ce mec. il a un truc,* qu'il m'a répondu. j'ai ajouté *il ressemble au mec de U2 qui a les cheveux longs.* mon dieu c'est vrai que tu avais des airs de bono. cette tronche qui faisait immanquablement penser à un poète canaille, ce côté sexy et félin, la résignation mélancolique de ceux qui savent que le bonheur ne dure que cinq minutes et s'appelle baiser avec son amour. *n'exagère pas, gabrielillo, il n'y a pas de quoi en faire une montagne*, m'a dit jimmy. je me suis contenté de sourire. je me sentais un peu bête. comme je vous l'ai déjà dit, quand j'ai fumé de l'herbe, je parle et l'instant d'après, j'ai l'impression d'avoir dit une connerie.

bottom line is, tu me plaisais, mariano. j'ai posé mes yeux sur toi et je me suis mis à fondre (parfois, je me dis que je devrais écrire des poèmes, mon cœur). je ne crois pas au coup de foudre, mais j'ai assez de preuves pour dire que l'envie de baiser au premier coup d'œil existe (et excite). ça a été le cas avec toi : je t'ai vu et tu m'as donné envie de baiser à mort. parce qu'à lima n'y avait pas beaucoup de garçons comme toi. à lima, les garçons étaient tous à peu près pareils. carrés, têtus, mignons. pas toi. toi, tu étais culotté et aguicheur. tu savais que tu avais un charme d'enfer et tu bougeais ton cul comme un démon. qu'est-ce que tu étais bon, mariano. je te regardais et ma gorge devenait de plus en plus sèche, alors je buvais du coca en pensant *qu'est-ce que j'aimerais te lécher le cou, beauté, comme j'ai envie de t'enlever ton petit froc noir pour te faire des tas de trucs.*

et tes cheveux. je les adorais. ils étaient longs, ébouriffés, tombaient libres et rebelles sur tes épaules. ça t'allait vachement bien. ça te donnait cet air androgyne de petite nana troublée qui commençait alors à être à la mode. merde, pourquoi suis-je toujours attiré par les gens qui ont l'air troublé ?

le fait est que tu m'as bien ferré, mariano. je ne sais pas si jimmy s'en est rendu compte, mais je ne pouvais pas détacher mes yeux de toi. je te regardais et je me disais il faut que tu le rencontres, gabriel, tu dois absolument aller lui parler. et je me sentais bien gay. parce que tu sais que quand je fume de l'herbe, je me sens super gay. ça ne rate pas. c'est pour ça que j'aime fumer. parce que ça fait ressortir le gay qui sommeille en moi et ça me rappelle que j'aime les beaux garçons aux cheveux longs, allumeurs et culottés dans ton genre, mariano.

mais je ne savais pas encore que tu t'appelais mariano. je ne savais rien de toi. juste que je voulais te connaître, que je devais te connaître.

tout à coup tu as cessé de chanter. tu as dis *on va faire une pause, j'ai besoin de boire un verre*, et tu as délaissé ton micro pour quitter la scène et bondir jusqu'au bar. je te regardais toujours. (je ne sais pas si tu t'en es aperçu, jimmy boy, mais ce soir-là j'ai failli te fausser compagnie pour ce maudit gringalet). je te regardais toujours, mariano, et toi tu marchais vite, sûr de toi, tu passais une main dans tes cheveux, tu reniflais ton aisselle, tu ne te sentais plus pisser. tu te prenais pour une star, mon salaud. mais tant mieux pour toi. parce que je te regardais et je fondais. je te jure que ce soir-là, je me sentais plus pédé que jamais. tout ça à cause de toi, mariano, rebelle, petit rocker de miraflores.

maintenant tu es au bar, à côté de moi, tu transpires, tu halètes, tu souris. tu sais que je suis là, tu sais que tu m'as dans la poche. tu ne me regardes pas. tu fais exprès, méchant. moi non plus je ne te regarde pas. je ne veux pas me laisser aller à des scènes d'amour de telenovelas vénézuéliennes devant jimmy. jimmy est un gars bien. pas question de faire des trucs de pédé devant lui. le respect mérite le respect.

un serveur s'approche de toi. pas le porc qui tient la caisse mais un petit jeune brun. sympa, le mec. il rigole tout le temps. il me voit toujours stone et, complice, il se marre avec moi. lui aussi est peut-être stone. *j'ai besoin d'une bière tout de suite*, dis-tu au serveur. *mais vraiment tout de suite, s'il te plaît, et bien fraîche. ça marche, vieux*, te fait le serveur en préparant ta commande.

alors tu m'as regardé avec une indifférence infinie. j'étais là, derrière mes petites lunettes d'intellectuel, dans ma petite veste noire et mon jean qui puait la marihuana, chaussé de timberland qui étaient le must du moment. toi tu m'as demandé *comment as-tu trouvé le concert ?* et j'ai posé sur toi mes yeux rougis, stones de chez stone, plissés, et je t'ai dit *bien, vachement bien.* et on s'est regardés, on s'est souri et tu t'es sûrement rendu compte que j'étais à l'ouest. il me semble qu'on a senti qu'il se passait quelque chose de fort entre nous, quelque chose que j'avais éprouvé dès que je t'avais entendu chanter et vu danser sur cette petite scène grinçante de rien du tout. *c'est vrai ce que tu dis ou tu te moques de moi ?* m'as-tu demandé en souriant. *non, vraiment, c'était super, bien mieux que ce que font les paumés qui échouent normalement ici.* alors tu as éclaté de rire et tu as pris ta bière, et je crois que le porc de la caisse m'a entendu parce qu'il a tourné sa tête de crapule dans ma direction. ouvre ton gagne-pain, mon gros, ouvre ta caisse enregistreuse et contente-toi de compter tes sous, ne te frotte pas à moi, compris ?

je vais aux toilettes, gabrielillo, il faut que j'aille pisser, m'a dit jimmy en partant. *toujours aussi prévenant, jimmy,* ai-je pensé. parce que ce que je voulais, c'était rester seul un moment avec mariano. je ne savais pas trop pourquoi, mais c'était sans aucun doute ce dont j'avais le plus envie. jimmy est entré aux toilettes un peu voûté, je vous ai déjà dit qu'il était très grand.

tu restes jusqu'à la fin ? m'a demandé mariano en avalant une gorgée de sa bière mousseuse. *j'en ai bien l'intention. eh bien on pourra discuter tout à l'heure. génial, super. bon, à plus tard alors, je vais un peu dehors pour recharger mes batteries*, a-t-il dit en se barrant, son verre de bière à la main. il marchait vite, en tortillant du cul avec beaucoup de style. je me suis retourné pour le regarder. il était canon.

jimmy n'a pas tardé à revenir des toilettes. heureusement que personne n'est venu me bassiner avec des conneries. au cielo, il y a toujours un crétin pour m'aborder, me baratiner, me donner des conseils et finir par me réclamer des lignes de coke. mais ce soir-là, j'ai eu de la chance. je suis resté seul, j'ai commandé un autre coca et jimmy m'a rejoint aussi sec. n'allez pas croire qu'il était allé aux toilettes pour sniffer. non, jimmy est un mec bien. il ne touche qu'au pétard. il n'a jamais sniffé de sa vie. à vrai dire, je ne sais pas comment il fait. je me suis envoyé des kilomètres de coke dans le pif quand j'étais avec lui et il restait imperturbable, aussi calme que s'il venait de sortir du bloc opératoire. par contre, il ne faut pas le priver de sa beuh adorée parce que là, il peut devenir méchant. putain, jimmy se fume de sacrés pécos. chaque jour que dieu fait. c'est pour ça que je l'aime autant. parce qu'il est vraiment beau, parce qu'il adore l'herbe et que ce n'est pas un macho/un gros dur/une brute épaisse comme presque tous les gars de lima.

viens, on va s'asseoir, il y a une table libre là-bas, m'a dit jimmy. *d'ac.* on y est allés discrètement, moi en baissant la tête, comme pour demander pardon d'être le type célèbre de la télé, et on s'est installés à une petite table ronde en bois et pour tout dire franchement cagneuse, mais on était à lima alors on ne pouvait pas espérer mieux. si cette horrible ville ne te plaît pas, tu n'as qu'à aller à miami et te faire une overdose de grosses gonzesses en baskets et en maillot de bain fuchsia qui s'arrachent les articles *for sale* à dadeland mall.

à vrai dire, je ne me rappelle plus trop de quoi on a parlé jimmy et moi en attendant que ce connard de mariano revienne. sûr qu'il était parti se fumer un énorme pécos sur la voie publique. on a peut-être causé de nina, la nana de jimmy. le pauvre était toqué de cette grosse pute qui le trompait avec tous les bellâtres de la plage de punta hermosa et lui ne bronchait pas, digne, il encaissait et continuait de se casser inutilement le cul pour les beaux yeux de cette gonzesse. parce que c'est ça l'amour : tu tombes amoureux et tu es foutu, il n'y a pas de mais qui tienne. ou alors on a parlé de l'appart que je venais de m'acheter sur le malecón. je ne me souviens plus. peu importe. le fait est que jimmy et moi on s'est assis et on a échangé des banalités et on était morts de rire, et jimmy se marrait à chaque connerie que je disais, parce qu'il était comme ça, il m'appréciait vraiment, il m'aimait à donf, il me disait *t'es complètement maboul, gabrielillo*, et ça venait du fond du cœur. j'adorais jimmy boy. je l'adore toujours. mais je n'ai jamais été amoureux de lui. foutaises : je l'aimais comme un frère, c'était le pote avec qui je fumais des pètes et écoutais de la zique dans sa golf GTI géniale et rapide comme l'éclair.

là-dessus, paf, réapparition du pantalon de cuir noir. d'un bond, mariano était à nouveau sur scène. je ne sais pas quelle saloperie ce zozo-là s'était envoyée, mais il était comme une pile électrique, très en forme. il s'est emparé du micro, a dit quelque chose à l'intention du boucanier au nez camus qui jouait de la batterie et ils ont attaqué une chanson très rythmée.

mariano bougeait comme un serpent. c'est vrai, il ressemblait vraiment à un serpent. il dansait comme un dieu, ce petit con. moi, autant dire tout de suite que je n'ai jamais bien dansé. j'admire les bons danseurs et mariano faisait partie du lot, sans compter qu'il ne chantait pas mal du tout.

on est restés un bon moment comme ça. mariano chauffait tout le cielo et moi, je défaillais. jimmy, tranquille, pété de rire, descendait sa bibine et profitait de son jeudi soir au cielo en essayant d'oublier que sa connasse de nina lui bourrait le mou, la garce. ne t'en fais pas, jimmy, elles sont toutes pareilles, super salopes et on est foutus parce qu'elles nous tiennent par les couilles (même moi, qui suis pédé, quand je vois une grosse bombe, je perds la tête et je veux me la faire sans capote).

je ne sais pas si jimmy s'est rendu compte que j'étais fasciné par mariano. je n'en sais rien. quelque chose me dit que si. parce qu'il n'a pas tardé à consulter sa montre et m'a dit *bon, gabrielillo, on y va, demain je dois me lever tôt*. alors je lui ai dit *je crois que je vais rester, jimmy*. il m'a regardé, a rigolé tout seul puis m'a tapoté l'épaule en me disant *éclate-toi bien, vieux*. il s'est levé et il s'est barré, tout simplement. jimmy était comme ça, très peu causant. je ne lui avais jamais parlé de mon côté gay, mais je crois maintenant qu'il savait à quoi s'en tenir avec moi. et ça ne le dérangeait pas. on était amis pour la vie. tu ne sais pas à quel point je t'aime, jimmy. je crois que je n'ai jamais eu l'occasion de te le dire et à présent, tu me manques à mort.

jimmy était à peine sorti que mariano a cessé de chanter. il a fait deux ou trois vannes salaces, a remercié le public et a quitté la scène. les clients du cielo l'ont applaudi comme des malades. on était deux tondus, trois pelés, mais on l'a applaudi à tout rompre. et lui, comme si de rien n'était, intraitable, il s'est magné le cul vers le bar pour commander une bière en quatrième vitesse et on n'avait plus qu'à aller se faire voir ailleurs. tant mieux pour toi, mariano, tant mieux pour toi : le monde appartient à ceux qui savent mépriser les masses.

moi, j'étais toujours assis devant mon coca tiédasse et je tremblais des jambes parce que quand je fumais trop, j'avais une putain de gigite et je ne pouvais pas empêcher mes jambes de trembloter. ce n'était pas de la peur, juste les nerfs, et je souffrais surtout en songeant que mariano allait se casser du cielo en m'ayant oublié.

les lumières se sont rallumées. les garçons du groupe ont commencé à démonter leur matériel, à débrancher les câbles, à organiser leur pénible retraite. les gens se sont dirigés vers la sortie. les nanas bien chaudasses regardaient mariano, l'orgasme au fond des yeux, mais elles n'étaient pas si cons et s'agrippaient fort à leurs petits copains, parce qu'un tiens vaut mieux que deux tu l'auras.

presque tout le monde s'est barré en même temps. il ne restait plus que les sniffeurs de coke (dont moi). parce que les sniffeurs de coke ne se cassent jamais à moins qu'on les foute dehors à coups de pied dans le cul. et dans les toilettes du cielo, la coke circulait à faire peur. enfin, peur, non. moi, la coke ne m'a jamais fait peur, encore que tout bien réfléchi, maintenant, si, parce que je crois que si je m'en collais une bonne ligne, comme autrefois, mon cœur risquerait de lâcher et bonne nuit les petits.

maintenant mariano est au bar avec deux des mecs de son groupe. ils sont pliés en quatre. moi je ne sais pas quoi faire : je veux être avec lui mais je ne veux pas me taper l'incruste. j'ai beau être à moitié gay, j'ai quand même ma fierté, mon chou, et comme je suis bien élevé, si tu m'ignores, je me casse sans demander mon reste, mariano. je me suis levé en pensant *je me barre, je joue une scène pathétique, tout seul devant mon coca tiédasse, à attendre que mariano daigne se souvenir de moi.*

j'ai ma fierté, ma poule. je dégage. au final il ne sait pas ce qu'il perd.

mais avant de foutre le camp, je suis passé au bar et j'ai dit au revoir à tête de lard, qui avait l'air dégoûté de la vie parce qu'il voulait fermer la boutique et aller pioncer dans la chambre miteuse qu'il habitait probablement. *tchao, mister*, lui ai-je dit d'un ton railleur et en haussant la voix pour que mariano m'entende. parce que ce fêtard de mariano était toujours au bar et buvait avec ses potes pendant que je souffrais injustement le martyre.

tandis que je mordais l'amère poussière de la défaite, mariano s'est enfin rappelé que j'existais. *eh, vieux, attends un peu*, a-t-il dit en s'amenant rapidement vers moi. je me suis levé brusquement en lui jetant un coup d'œil sévère qui signifiait *qu'est-ce que tu veux, ducon ? t'as plus de ronds pour payer tes bières* ? mais il marchait toujours à mes côtés en silence et on a franchi les grilles du cielo, dignes de celles d'une prison, et mariano a salué en le vannant l'extraterrestre de l'entrée, qui m'a regardé, l'air de dire *eh ben mon pote, en voilà une belle prise*. je me suis contenté de lui adresser un sourire qui signifiait *c'est la vie, petit, qu'est-ce que tu veux que j'y fasse : certains mecs naissent martiens et d'autres, pédés.*

mariano et moi on est allés dehors et on est s'est éloignés du cielo. il devait être deux heures du matin et il n'y avait pas beaucoup de voitures dans miraflores, à part celles des policiers sinistres qui patrouillent pour taper un max de fric aux gens. il ne faisait pas froid, il ne fait jamais vraiment froid à lima, mais le petit vent traître qui te colle une bonne crève s'il te surprend à l'aube, en t-shirt, s'était levé.

en sueur, maigre et dragueur, mariano m'a dit *laisse-moi ton téléphone pour qu'on se voie un autre jour*. je lui ai dit *d'accord, ça serait super*. alors il a couru vers l'extraterrestre à qui il a demandé un stylo et s'est dépêché de venir me rejoindre pour noter mon numéro sur sa paume et j'ai fait pareil avec le sien.

il m'a dit *appelle-moi* avant de regagner le cielo en courant.

pendant que je me dirigeais vers ma voiture et qu'un petit vent frais me chatouillait le visage, je me suis dit qu'il n'était pas impossible d'être gay et heureux à lima (il suffisait juste d'avoir un peu de marihuana).

II

bien sûr je l'ai appelé le lendemain. pas folle la guêpe : j'avais son numéro et je mourais d'envie de le connaître, de l'embrasser, de sentir un instant qu'il m'appartenait. parce que comme je l'ai déjà dit, c'était plutôt difficile de trouver à lima un garçon aussi désirable que mariano.

je l'ai donc appelé. pas aux aurores, tout de même, parce que j'ai ma fierté et que tôt le matin, je suis dans le coma. moi, à 8h00, je suis cliniquement mort. je n'existe pas. je végète. je suis une plante. je fais des cauchemars. je transpire. je pense à mes ennemis, à tous les gens que je déteste (et il y en a un paquet). je pense que le monde est à chier, que la vie est trop longue, que je ne serai pas capable de continuer à écrire. mais après je me rendors et je me réveille en milieu de matinée en me sentant déjà mieux, je ne trouve plus tout si noir, si pourri.

je crois que je l'ai appelé vers midi. j'étais encore en pyjama.

à l'époque j'habitais encore chez mes parents. je venais de m'acheter un bel appart sur le malecón mais je n'avais pas encore déménagé. j'avais une chambre au deuxième étage, chez mes parents, dans une grande et vieille maison près du golf de san isidro. j'avais fini par échouer là parce que j'étais fauché et que mes parents ne voulaient pas que je continue à claquer mon blé dans les hôtels miteux où j'avais vécu jusqu'alors. en bon garçon que je suis, j'avais donc ravalé ma fierté pour regagner le berceau familial dont je m'étais barré si souvent en espérant ne plus jamais y revenir, et je m'étais arrangé une grande pièce au deuxième étage, où j'avais mis mes livres (volés pour moitié), le téléviseur de quatorze pouces et sans télécommande que je m'étais acheté pour regarder le mondial d'espagne (les buts polonais me font encore mal). ensuite, je m'étais appliqué à glander en beauté parce que j'ai toujours de loin préféré la glandouille au travail.

je disais donc que j'avais appelé mariano à midi. j'étais en pyjama et je portais mon pull de cuzco parce que les petits matins gris de lima sont traîtreusement frisquets. j'ai composé son numéro sur la ligne privée de ma mère en me disant *après tout, tu t'en fiches, lance-toi, mon gaillard, tu n'as rien à perdre.*

c'est sa mère qui a décroché.

quelle voix aigrie, ma vieille. n'exagère pas, madame, ce n'est pas ma faute si tu as le con sec et que ton mari t'a laissée tomber il y a des millions d'années, okay ?

c'est donc sa mère qui a décroché et d'un ton très respectueux, je lui ai dit *bonjour, pourrais-je parler à mariano, s'il vous plaît* ? et elle, de sa voix aigrie d'emmerdeuse, a fait *de la part de qui* ? et j'ai pensé *qu'est-ce que ça peut de foutre ? passe-moi ton pédé de fils et fais pas chier*, au lieu de quoi j'ai adopté le ton d'un jeune flegmatique anglais de bonne famille et j'ai dit *de la part de gabriel*, et elle, qui n'avait manifestement pas envie de lâcher du lest, a demandé *gabriel comment* ? et j'ai songé *gabriel occupe-toi de tes fesses, abrutie, va chercher ton camé de fils et ne me casse pas les couilles*, mais toujours poli comme me l'a appris ma maman, j'ai dit *gabriel barrios*, et là elle a changé de ton, elle est devenue plus douce, plus amicale, et a pris une petite voix du genre les produits laitiers sont nos amis pour la vie, *barrios, de la télé* ? et moi *oui, madame, c'est cela*, et inutile d'ajouter que j'avais l'impression d'être un gros empaffé, alors elle a écarté les jambes et a renoncé à sa première voix bilieuse pour devenir aguicheuse et adopter celle d'une bigote-casse-couilles, *un instant, mon garçon, je suis vraiment contente d'apprendre que mon fils et toi vous vous connaissez, parce que je ne rate jamais ton émission, tous les soirs, je te regarde sur canal cinco, je trouve ton émission très amusante, tu sais, tu es impayable, chaque question que tu poses est à se tordre de rire*, et moi *merci beaucoup, madame, merci beaucoup, j'espère que nous aurons bientôt l'occasion de nous rencontrer*, mais au fond de moi je me disais *tais-toi, vieille chieuse, et passe-moi mariano.* elle s'est mise à crier comme un perroquet en folie *mariano ! mariano ! mariano !* et a repris à mon intention *un moment, je vais aller le réveiller, on dirait qu'il dort encore, ce petit chenapan*, et moi *merci beaucoup, madame, ravi de vous avoir parlé*, et elle *tout le plaisir est pour moi mon garçon, et encore une fois, je te félicite pour ton émission, elle est vraiment amusante*, et moi *merci, merci* en songeant *magne-toi, pépette, tu me les brises, tu me les brises grave, toutes ces vieilles biques qui me félicitent comme des malades et me critiquent ensuite à la sortie de la messe de midi n'attendent qu'une chose : se faire baiser par un beau mec costaud et bien monté et au diable toutes les bondieuseries rasoirs que nous enseigne le père alcázar à maría reina, parce qu'il n'y a rien de mieux que de se bouffer une bonne bite, c'est en tout cas beaucoup plus drôle que d'écouter le sermon du père alcázar (qui soit dit en passant a dû s'avaler des kilomètres de queues, j'en suis sûr).*

alors mariano a pris le combiné.

il a toussé une ou deux fois avant de parler, parce qu'il avait sûrement la gorge irritée d'avoir tellement fumé la veille, et d'une voix pâteuse il a dit *allô* comme en bâillant, l'air de rien, comme s'il pensait putain, *qui m'appelle à midi alors que tous mes potes savent qu'à cette heure-là je dors encore, bordel* ? gringalet/fumeur de shit/cabot. allez, réveille-toi, il est déjà midi. arrête de t'éventer les couilles, fais quelque chose de ta vie, *get a life* !

je lui ai dit d'un ton timide/coincé *salut mariano, c'est moi, gabriel*, en me sentant super gay parce qu'au fond, je ne l'appelais que pour lui dire *j'ai envie de te faire plein de trucs, chéri*, et lui a répondu *gabriel, gabriel comment ?* je me sentais minable, *quelle horreur, je veux mourir, ce salaud de mariano qui m'a tellement allumé hier soir, au cielo, ne se souvient même plus de moi, je veux mourir, je veux qu'un ouragan de force six me transporte dans les airs jusqu'à key west, où des centaines de minos se baladent toujours sur la plage et se regardent le maillot de bain (avec le nez). je veux chercher fortune à key west, j'ai une envie folle de me draguer un trafiquant bien foutu qui aurait scrupuleusement passé tous ses tests du sida.*

alors, comme si de rien n'était (parce qu'il n'était pas question qu'il se doute que j'étais raide dingue de lui, il ne fallait pas exagérer non plus), je lui ai dit *tu ne te souviens pas qu'hier soir, en sortant du cielo, tu m'as donné ton numéro et demandé de t'appeler ?* et c'est là qu'il m'a reconnu, qu'il est sorti de son brouillard et qu'il m'a dit *ah, oui, c'est toi, la star du petit écran !* il a lâché ça d'un ton ironique, badin le petit con, et j'ai dit *c'est ça, c'est ça* et on s'est marrés tous les deux, et je me sentais mieux parce que j'avais l'impression qu'on se comprenait à nouveau et qu'il savait déjà jusqu'où cette histoire allait nous mener en ligne droite (et en parlant de lignes, j'étais sûr et certain que mariano était un gros sniffeur de coke, mais je ne veux pas trop m'avancer, je vous parlerai plus tard de cette bonne vieille coke, au moment où mariano s'est révélé être le grand amateur de stupéfiants que je soupçonnais en lui).

où en étions-nous ? ah oui, mariano a dit *la star du petit écran* et on a ri, puis il m'a demandé *comment as-tu trouvé le concert ?* et j'ai pensé, *n'exagérons rien, mon coco. d'accord, tes petites chansons sirupeuses n'étaient pas mal, d'accord, tu as bien remué du cul devant les deux ou trois nanas en chaleur assises au premier rang, mais de là à parler d'un concert, tu charries un peu : un concert, c'est ce que fait de temps en temps ma chère madonna, qui monte sur scène et cherche coûte que coûte à dire aux gens je suis comme ça, je suis une pute qui a la classe, une pute-richissime-millionnaire-salope-qui-se-tape-qui-elle-a-envie et qui en plus a un faible pour les très beaux pédés, et moi aussi, madonna, c'est pour ça que je te trouve divine, parce que comme tu le dis si bien, tu es une âme gay dans un corps de femme. je t'adore, madonna, la madone qui donne autant qu'elle reçoit et ne laisse pas les crétins qui la critiquent lui saper le moral.*

mais en fait, je lui ai dit *ton concert était génial, mariano, tu as vraiment bien chanté*, et il est parti d'un rire cynique et m'a dit *sûr, mon vieux, c'est ce que tu dis à tout le monde*, alors j'ai ri moi aussi parce qu'il avait raison, c'était exactement ça, surtout sur le plateau de l'émission, où des paumés de première venaient pousser leurs chansonnettes d'amour ringardes (sans compter qu'ils ne chantaient même pas parce qu'un illustre anonyme passait le disque en régie), ensuite je leur disais *eh bien, mon cher, c'est excellent, bien joué, ta chanson est vraiment remarquable, on voit que tu as du talent, un brillant avenir artistique devant toi* tandis qu'au fond de moi, je pensais *putain, quel baratineur tu es, gabrielito, tu devrais avoir honte de mentir autant en public.* et le plus dur, c'est que ces plumitifs y croyaient et ne se sentaient plus, ils me remerciaient tout émus, saluaient leurs petites amies et m'offraient par-dessus le marché des cadeaux invraisemblables. ils se pointaient avec toutes sortes de trucs débiles : figurines, cassettes pirates, petites cartes parfumées, t-shirts cent pour cent polyester (j'écris ce mot et j'ai envie de vomir car je suis *one hundred percent cotton, darling*). moi, évidemment, à peine sorti des foutus locaux de la télé, je m'empressais de refiler tous ces machins au concierge de mon immeuble ou aux employées de maison de mes parents (parce que n'allez pas croire, mais j'ai une sensibilité sociale).

sans consacrer une minute au temps, à la politique ou au foot, qui sont les trois thèmes universels que j'aborde quand je me demande de quoi je pourrais bien causer, mariano m'a dit *pourquoi tu ne passes pas ? on ira faire un tour* et moi *parfait, quand est-ce que ça t'arrange ?* et lui *donne-moi une petite demi-heure, que je prenne une douche, je suis encore en pyjama*, et j'ai pensé *oh, super, reste plutôt comme ça que je me dépêche de venir te doucher, te frotter le dos, savonner ton petit cul, ta bite de rocker de miraflores qui sniffe sa dose de coke chaque week-end*, tout en lui disant *parfait, mariano, je passe te prendre dans une demi-heure*, et lui, d'une voix séduisante et enjôleuse *je t'attends, starlette*, et j'ai pouffé de rire avant qu'il raccroche et j'ai songé *en fait, tu aimerais bien être aussi célèbre que moi, mon salaud, tu aimerais bien signer des autographes de temps en temps et saluer les petites ados hystériques dans la rue, parce qu'inutile de se voiler la face. toi, personne ne te connaît, sauf avec un peu de chance les dealers qui vendent de l'herbe rougeâtre dans les petites ruelles d'artistes de miraflores qui puent la marihuana à plein nez, comme si tout ce quartier pourri avait fumé des pétards à l'heure bénie de la sieste*.

j'ai donc raccroché, heureux comme tout parce que mon petit amour de mariano m'avait filé rencard. je me suis précipité dans la salle de bains de ma mère et me suis regardé dans la glace, avec mes petites lunettes et mes cheveux en bataille légèrement crantés en arrière, prenant des airs sacrément racoleurs, moi, le garçon de la télé, éclatant de rire en mettant la main au paquet que je sentais grossir, me disant que de toute manière, j'allais me le taper, ce petit mariano.

bon, gabrielito, à la douche, ai-je songé, et je me suis dépêché de descendre dans la salle de bains de manolo, mon frère adoré, où je me suis enfermé, dessapé, regardé dans la glace et trouvé maigrichon et trop chevelu, comme dirait ma mère. en fait, je n'ai guère aimé ce que j'ai vu dans le miroir. ça me foutait en l'air de me dire chaque matin, devant mon reflet, que j'aurais pu avoir un corps de rêve bien musclé comme celui si craquant de mon amis nicolás, le célèbre acteur. mais non, je suis foutu et maigre à vie. c'est malheureux mais c'est le prix à payer pour n'être pas allé au gymnase quand j'étais jeune, par fainéantise. j'ignore pour quelle raison je n'ai pas soulevé cent mille altères et fait autant d'abdominaux quand j'avais quatorze ou quinze ans, l'âge où la musculature prend de l'ampleur, où le corps se dessine, s'affermit et devient carré comme le torse si baraqué du beau nico (sans parler de son cul). maintenant que je me rappelle, à cet âge-là je trimballais mon amertume et mon sale caractère, j'étais en rogne contre tout le monde et j'avais envie de me casser de chez mes parents, qui me rendaient la vie impossible. je crois qu'ils se doutaient que leur fils était gay et qu'ils voulaient me mater méchamment et faire de moi un gros macho. mais c'était pire parce que plus ils s'acharnaient, plus je me rebellais. et c'est ainsi que mes jeunes années m'ont échappé alors qu'elles auraient pu être légères et douces. je ne suis pas allé au gymnase, je suis resté maigre comme un clou avec une tignasse hirsute. j'ai pourtant un beau cul, il faut le dire. toute modestie mise à part, j'ai le cul haut perché que n'importe quel gay aimerait avoir pour se livrer à ses activités quotidiennes. je le dis avec toute la gratitude que je dois à mes respectables parents, qui m'ont mis si généreusement au monde avec ce petit cul rebondi. au moins, je ne suis pas un ingrat.

me voilà donc bien lavé, bien talqué, bien parfumé dans mes plus beaux vêtements achetés à miami (j'y vais de temps en temps parce que j'ai beau faire partie de la classe moyenne, je n'achète pas mes fringues dans les boutiques/chiatiques de larco). je sors donc de chez moi sapé comme il faut à l'heure où il n'y a personne à la maison parce manolo est à l'école et que ma mère assiste à la messe de midi à maría reina avant d'aller faire son shopping chez wong, sa routine spirituelle du matin, et je fuis avec horreur les employées qui y vont de leur concert pourri de machines à laver, d'aspirateurs et de cireuses, et je file au garage pour constater que, malheur, il n'y a pas une seule voiture. il est utile de préciser qu'à l'époque, je n'avais plus de caisse (des années plus tôt, je possédais une alfa romeo des étoiles, mais je l'ai bousillée en beauté, maltraitée jusqu'à l'os. un jour, je suis allé à paracas avec charlie pendant la semaine sainte et on s'est fumé cinquante mille pétards en chemin. le lendemain matin, on s'est baladés défoncés dans les déserts mélancoliques de paracas, qui sont chouettes, surtout sur les toiles de szyszlo, quand tout à coup, de la fumée s'est élevée de cette pauvre alfa et on était morts de rire en voyant brûler ma belle bagnole qui m'avait coûté un paquet de fric, alors on est rentrés à lima en taxi et ma caisse cramée a regagné la ville en dépanneuse et je l'ai vendue à un prix ridicule parce qu'évidemment, il faut être con pour s'acheter une bagnole carbonisée).

donc, sans broncher, j'ai empoigné le vélo avec vitesses et siège rembourré que je me suis rapporté de miami, et j'ai pédalé avec toute la prudence requise, pas question qu'un chien assassin sorte de je ne sais où et se jette sur moi comme le soir où je rentrais du 4D après avoir mangé une délicieuse glace à la fraise en zyeutant le beau cul des filles qui s'exhibaient tout en draguant les bellâtres qui bombaient leur torse de surfers, de vrais petits mecs, sur ce j'ai enfourché mon vélo et suis reparti peinard quand un sale clébard a surgi et commencé à m'aboyer dessus comme un malade/un énergumène/un enragé. putain/bordel j'ai accéléré, nom de dieu, saloperie de clébard de merde, je pédalais à toute vitesse dans une ruelle plutôt sombre du côté de la huaca juliana et cet abruti de bâtard a bondi sur moi et sur le vélo à cinq vitesses que j'avais rapporté de miami à lima à la sueur de mon front, dans une énorme caisse, et qui ne roulait même pas bien, et le chien me rattrapait et moi, je pédalais comme un fou parce que les chiens méchants me font paniquer, et tout à coup, le chien m'a sauté dessus et j'ai essayé de lui balancer un grop coup de pied dans la carotide et c'est là que ça a merdé, parce que dans mes tentatives de neutraliser la bête, j'ai perdu l'équilibre en m'agitant devant le clébard et les maîtresses du clébard et patatras, je me suis retrouvé par terre, j'ai fait une chute d'enfer, le vélo a dérapé et je me suis traîné sur l'asphalte, ce foutu chien a pris peur, pédé de chien crampon, putain, tu aboies pour te barrer quand je me paye une grosse gamelle. il ne m'a même pas mordu, le con, il a détalé pendant que je m'écorchais jusqu'à l'os, je suis rentré chez moi en compote, mon vélo tout cabossé, les bras et les jambes couverts d'égratignures, et ce soir-là je me suis juré (en pleurant) que jamais plus je ne ferais de vélo dans cette ville infâme (serment que j'ai respecté jusqu'au jour d'aujourd'hui).

je roule doucement, regardant prudemment à chaque carrefour, choisissant les rues les plus calmes pour ne croiser aucun piéton railleur susceptible de me crier *eh, barrios, qu'est-ce que tu deviens, mon vieux, raconte un peu ce qui t'a pris de traiter ce connard d'alan de fou.* t'as-qu'à-demander-à-ta-pétasse-de-mère-de-te-le-dire, mon chou.

alors que je pédale dans les vieilles rues délabrées de miraflores, une volkswagen rouge passe, perchée sur ses grandes roues, avec une stéréo d'enfer qui tourne à fond la caisse. qui est-ce ? rien de moins que le beau pepe málaga, un grand joueur de foot qui a prouvé sa classe internationale dans divers tournois prestigieux, y compris bien sûr le très disputé match annuel du carmelitas, où se pratique un foot acrobatique de très haut niveau. pepe m'adresse la parole, il est super, pepe, il a une sacrée tignasse mais ça te va bien, pepito, quand on peut se le permettre, et je n'aurai pas la mesquinerie de nier que tu es un beau mec et que tu as un cul comme du bon pain, que quand tu envoies promener ton ballon, les petites nénettes de lima se pâment devant leur pepe capitaine, pepe capitaine, et on se prend quatre buts dans la gueule et on est éliminés du mondial, putain de merde. ah comme la vie était chouette quand le pérou jouait au mondial et y allait de ses habituelles pirouettes footballistiques, même si après on nous collait huit buts dans la tronche et on nous éliminait honteusement (moyennant des dessous-de-table). mais au moins on est allés jusqu'au second tour.

eh, salut pepe, quoi de neuf, mon pote ? que je lui crie, tout sourire, mais ce snobinard de pepe me dit au revoir au volant de sa volkswagen rouge et il se casse en me plantant comme un con sur mon vélo dans les infâmes ruelles sans paillettes de miraflores. je sais maintenant que ce bon pepe promène son ballon chez les italiens. tant mieux pour toi, pepe capitaine, quand tu veux, on va se faire une séance de tirs au but dans ma raie. tu es d'accord, mon lapin, toi qui as un cul comme du bon pain ?

il faut pédaler prudemment quand on fait du vélo dans les ruelles de miraflores, parce qu'à lima, tout le monde se fout de respecter le piéton ou le cycliste et, en général, son prochain et son voisin. le cycliste peut toujours aller se faire mettre, on lui rentre dedans et après, quand son corps est froid, on lui pique son vélo, son portefeuille et même ses baskets si elles ne sont pas trop usées. je roule donc doucement et je regarde à chaque carrefour, parce que si je ne suis pas encore mort après une bonne défonce comme beaucoup de sniffeurs de coke de lima, qui claquent en planant le samedi à six heures du mat, je ne veux pas non plus me faire renverser à vélo et qu'on découvre mon cadavre sous les roues d'un putain de bus de la ligne 48, cocharcas-josé leal, qui m'aurait foncé dedans et traîné sur le pavé froid de la ville.

je vais donc tout doucement, et chaque nid-de-poule me fait l'effet d'un aiguillon dans le cul. parce que s'il est chouette de se balader à vélo dans key biscayne, où tout le monde porte un casque fluorescent, un petit maillot noir et des nike air, il est nettement moins agréable de traîner son biclou dans les rues violentes de lima, où la seule autorité qui vaille est celle du minibus pourri qui te roule dessus avec sa vieille carcasse et t'envoie direct à la morgue.

je continue de rouler sur mon vélo importé comme un gosse de riche, je pédale sur l'avenue centrale larco de miraflores, où il se trouve toujours une fan de salserín en uniforme scolaire pour m'adresser la parole, mais je suis calme, je joue les distraits et je poursuis ma route mine de rien, incognito, planqué derrière les lunettes armani que je me suis achetées à miami (vous ne trouvez pas chouette qu'armani et miami riment presque ?), de belles lunettes qui me donnent des airs de grosse folle, et si jamais un taré me crie une grossièreté du style *barrios-pédé* (parce qu'il y a toujours un connard qui a envie de me pourrir la vie), je continue de pédaler comme si de rien n'était car on le sait, le mépris et l'indifférence sont la meilleure des punitions.

souriant, serein et sans trop me faire remarquer, j'arrive à l'adresse que m'a donnée mariano au téléphone. il se trouve que le malheureux habite au beau milieu de l'avenue larco de miraflores, il a vraiment envie de me bousiller ma journée : quelle idée d'habiter cette avenue sans grâce où les minibus assassins font un boucan infernal et où au moins une voiture piégée explose chaque semaine, cette artère fréquentée par des écolières gantées et des *brownies* qui ne peuvent aller à miami parce qu'ils n'ont pas eu leur visa et qui, bons perdants, doivent faire leur shopping dans les boutiques on ne peut plus ringardes de larco. mon gars, ne te figure pas que je me croie sorti de la cuisse de jupiter parce que j'achète mes fringues dans ma chère ville de miami et non avenue larco, absolument pas, mon cœur : je ne me la joue pas snobinard hautain comme mes camarades d'école qui sont allés s'installer à miami et ne parlent plus l'espagnol parce que ça leur fait honte, sombres crétins, mais s'il est une chose que je sais avec toute la certitude qu'on tire de l'expérience, c'est que vous pouvez toujours essayer de vous acheter un slip calvin klein dans une boutique de larco avant d'admettre que j'ai raison. croyez-moi mesdames et messieurs (et tous ceux qui ne sont ni des dames ni des messieurs, autrement dit la plupart de mes pauvres lecteurs) : il est très difficile de trouver un slibard décent à miraflores, or il faut s'en tenir à un certain niveau, disons… esthétique (pour ne pas dire éthique). tu finis donc deux fois par mois par aller faire tes petites courses à miami, raison pour laquelle le week-end dernier, je suis allé au détestable dadeland mall et je me suis acheté une tonne de slips calvin klein bien moulants pour faire ressortir les fesses joufflues et fébriles que la nature a bien voulu me donner. merci, mère nature, tu as été généreuse avec moi (du moins en ce qui concerne mes arrières).

bon, bon, nous y voilà. je ne vais pas vous mentir, l'immeuble où habite le rocker est bien moche et mal entretenu. c'est un vieil immeuble sale, déprimant, construit il y a des millions d'années et jamais nettoyé, et quand tu marches dans les couloirs, tu sens la cuisine répugnante qu'on y mitonne : des tripes, du foie, de la langue, de la cervelle, des trucs dans le genre ; ces immeubles te donnent envie de dire *je me barre à miami, chéri, je fiche le camp de cette ville qui sent les tripes*, mais une fois là-bas tu sens la chaleur infernale et les moustiques ravis de te dévorer et l'air conditionné perfide qui te fout la crève, alors, au bord des larmes, tu te dis, *j'étais mieux dans l'horrible lima qu'à me faire chier sous les tropiques à manger des pots d'häagen-dazs au chocolat, engraisser comme un porc et retrouver geraldo, oprah et cristina tous les après-midis.*

alors prends note, mon cœur, reste à lima, arrête de t'angoisser parce que plus tu t'agites, plus tu vieillis. à notre époque, il faut savoir rester tranquille. beaucoup d'aventuriers imprudents veulent aller vivre à miami, mais quand tu arrives là-bas, tu n'as pas un sou en poche, pas de papiers, et tu finis par donner des coups de pied dans des boîtes de conserve, jusqu'au jour où tu traînes *downtown* et qu'un haïtien qui a une tête de crocodile te menace avec une arme blanche. alors tu chies dans ton froc et tu lui donnes tous les objets de valeur que tu as sur toi en te disant *putain… mais pourquoi suis-je venu à miami… au moins, à lima, les* brownies *me respectaient et ne m'agressaient pas en plein jour alors qu'ici, à miami, ville de l'été éternel, un camé avec une tronche de crocodile me pique tout en quelques secondes.* voilà pourquoi, mon cœur, comme je te l'ai dit : reste à lima (et ne te fais aucun complexe pour ça).

je descends de vélo, regarde l'immeuble de biais en ayant l'air de dire *putain, ça doit être l'angoisse de vivre ici*, et je presse la sonnette de l'appart de mariano.

aïe, merde, j'ai mal au cul. faire du vélo dans lima est une malédiction parce que cette ville est bourrée de trous et qu'ensuite, tu as le cul en compote, pire que si tu t'étais fait un lavement avec un tuyau d'arrosage.

qui est-ce ? demande une voix dans l'interphone. c'est manifestement une voix de femme, mais ce n'est pas la vieille que j'ai eue tout à l'heure. *mariano est là, s'il vous plaît ? de la part de qui ?* veut savoir la nana. vous vous imaginerez sans peine que l'interphone est en piteux état parce que l'immeuble est aussi vieux que les ruines de machu pichu. *de la part de gabriel. ah, gabriel, monte*, me dit-elle très gentiment. j'entends un bruit métallique et la porte s'ouvre et je songe *c'est un miracle que quelque chose fonctionne dans cet immeuble pourri qu'on devrait raser une bonne fois pour toutes pour mettre un supermarché wong à la place, parce que c'est un plaisir d'aller faire ses courses chez wong : tout est si propre, si bien rangé, et les vendeurs ont de beaux uniformes.*

donc, j'entre et je monte les escaliers avec mon vélo sur le dos. hors de question de le laisser en bas pour que la première crapule venue me le barbote. je m'en suis déjà fait piquer un devant chez le wong du rond-point gutiérrez, à croire qu'il y a une bande de piranhas qui volent les *bikes* dans le coin, surtout la veille de noël, parce que les gens sont distraits et vont acheter toutes sortes de conneries. les voyous en profitent pour faire leur beurre en fauchant les vélos d'importation. voleurs de mes deux, j'aimerais bien qu'ils finissent dans la prison tant redoutée de lurigancho, comme feu araña brava (paix à son âme).

j'ai déjà expliqué que cet immeuble sent atrocement mauvais. je monte les escaliers en me disant que dans l'une de ces niches qu'on appelle des appartements, quelqu'un cuisine sans doute un plat inhumain, je ne sais pas quoi, mais rien d'appétissant en tout cas, car ça pue comme le cul d'un petit brun après un marathon.

je pousse mon vélo et retire mes armani pour ne pas avoir l'air d'un bourge. je sonne chez mariano, que j'ai rencontré la veille et que j'ai envie de connaître plus profondément. vous comprenez ce que je veux dire, aimables lecteurs, vous qui, comme moi, savez ce que c'est que de tripoter une bite bien dure et de la sucer comme un sucre d'orge. (ce n'est pas que je cherche à faire de la pub aux pédés, mais c'est une vérité reconnue par les anciens grecs, qui se mettaient tous à poil dans le jacuzzi. c'est bien beau de chatouiller une jeune femme qui a envie d'aller plus loin, mais je trouve beaucoup plus agréable de m'abandonner dans les bras fermes et musclés d'un garçon de vingt printemps, athlétique et à l'esprit léger. c'est si bon que j'en ai l'eau à la bouche. comme je t'envie, misérable socrate. tu as bien fait d'avaler toute la ciguë, pédzouille).

c'est n'importe quoi. un peu de sérieux, messieurs. on se croirait dans la cage aux folles.

je sonne et une gonzesse très sympa vient m'ouvrir aussitôt. *salut*, dit-elle. *salut*, que je réponds d'une voix masculine et dominatrice, parce que quand je veux me donner des airs de macho, j'y arrive parfaitement. j'en profite au passage pour la zieuter. elle n'est pas mal du tout, cette petite. pas très grande, blonde, un beau visage espiègle. elle a les yeux en amande. ce n'est pas pour dire, mais elle a une tronche de grosse fumeuse. pourtant elle est encore jeune. elle doit avoir seize, dix-sept ans à tout casser. elle n'a pas plus de dix-huit, c'est sûr.

laisse ton vélo dehors, ça ne craint rien, me dit-elle, mais moi, je pense *si je le laisse devant cette porte, dans cet immeuble imprésentable, on me le piquera*. mais je ne veux pas la contrarier parce qu'après tout, je suis un gentleman, alors je laisse mon vélo dehors, j'entre dans l'appart et je la dévisage à nouveau. pas de doute, elle est vraiment mignonne, cette fille. elle a un beau petit cul, de jolis petits seins et des airs un peu vicieux qui commencent à m'inspirer. elle porte un jean, des chaussures noires. ses cheveux sont encore mouillés (on voit bien qu'elle vient de sortir de la douche). on entre dans l'appart, elle me regarde et éclate de rire. *c'est une fumeuse de pétards*, me dis-je. *alors, tu es un copain de mon frère ?* qu'elle me fait d'un air malicieux, chicaneuse comme une gamine qui connaît son affaire. je lui souris en prenant ma plus belle tête d'imbécile et je lui dis *je l'ai rencontré hier soir, au cielo.* et elle *ah ouais ? et c'était bien ?* et moi *oui, génial. j'adore sa façon de chanter. oui, il est super, mariano*, ajoute-t-elle. on s'est regardés en souriant et je me suis dit *fais comme tu veux, ma cocotte, mais quand tu auras envie, on pourrait se faire un corps à corps pour voir si je bande, parce que pour être franc, ça ne marche pas toujours avec les filles. si je suis stone ou à moitié bourré, je ne bande pas. seuls les beaux mecs comme ton frère m'excitent vraiment.*

je lui demande *comment tu t'appelles ?* elle ne détache pas son regard de moi et rit, aguicheuse avec ses cheveux mouillés et son t-shirt moulant sous lequel on devine ses petits seins de collégienne touche à tout. *nathalie*, me dit-elle d'une voix rauque, d'une voix râpeuse de môme qui baise et qui fume. *joli nom*, lui dis-je en me sentant un gros et illustre connard, parce que la chose la plus stupide que tu puisses dire à une fille qui décline son nom, c'est justement celle-ci. *joli nom…*

moi, je ne te demande même pas comment tu t'appelles parce que tout le monde te connaît, me dit-elle, toujours souriante. je lâche *eh oui, c'est chiant d'être célèbre. mais ton émission est géniale, ça m'arrive de la regarder et je suis morte de rire.* moi, ça me plaît que la petite nathalie soit aussi confiante et me lance des fleurs pour faire copain-copain avec moi, puis elle m'annonce *je reviens tout de suite, je vais aller chercher ce fainéant de mariano qui doit encore être en train de dormir.* là-dessus, ce fainéant de mariano se pointe.

je ne savais pas que tu portais des lunettes, mon cœur.

en effet, il en porte. il a l'air d'avoir fumé des tonnes et des tonnes de pétards. regarde un peu tes yeux, mon vieux. mets-toi des gouttes, soigne-toi.

salut starlette ! me dit-il en me serrant la main, plié en quatre parce que je suis sûr et certain qu'il vient de s'envoyer un énorme joint. et nathalie qui nous dit *bon, et bien je vous laisse. où tu vas, sale petite naine ?* lui demande mariano. *c'est ta mère qui est une naine*, lui répond-elle, ce qui nous fait pouffer de rire. *gabriel, tu me prêtes ton vélo ? il faut juste que je passe chercher un devoir chez une amie,* me demande nathalie. *mais bien sûr, prends-le. je n'en ai pas pour longtemps, à peu près une demi-heure. pas de problème, nathalie. allez, casse-toi*, lui dit mariano. *dis donc, mal élevé, essaie au moins d'être poli avec moi devant tes amis !* s'écrie-t-elle. *fais attention au vélo de mon pote, évite d'aller le refourguer dans le quartier, tout le monde sait que tu es une voleuse*, lui dit mariano, et on rigole tandis que nathalie se casse. je regarde mariano en pensant *elle n'est pas mal du tout, ta frangine, je me la ferais bien. alors, starlette, qu'est-ce que tu racontes ?* me sort mariano, et je sens à plein nez les relents de beuh. *ça serait bien de s'en fumer un tout de suite*, me dis-je, au lieu de quoi je réponds *rien de spécial. tu veux boire quelque chose ? ouais, un verre d'eau s'il te plaît.* il va dans la cuisine et revient avec deux verres d'eau glacée. j'en bois un peu mais pouah, cette eau a un goût de légumes, d'*omelette** aux champignons. elle est dégueulasse, ta flotte, mon salaud.

viens, on va dans ma chambre, c'est mieux parce que ma mère va bientôt rentrer, me dit mariano, et moi *parfait, on sera plus tranquilles*. on passe par la cuisine et on pénètre dans une piaule sombre et miteuse qui ressemble à une chambre de bonne. mariano sourit et s'assoit sur le lit. *assieds-toi, gabrielito, assieds-toi, mets-toi à l'aise.* on s'assoit tous les deux avec notre eau glacée qui sent l'*omelette** aux champignons et je me dis *hier, tu me semblais bien plus beau, mariano. maintenant, je trouve que tu as une tronche de camé trop maigre avec des boutons sur le front. tu en tiens une bonne, ça me donne envie de me barrer en quatrième vitesse sur mon vélo d'importation, mais comme ta frangine canon m'a planté là et que je suis un gentleman, je reste. quand on écoute sa bite, on finit par échouer dans les endroits les plus dangereux et les plus insolites.*

alors il me dit *j'étais justement en train de me fumer un petit pécos matinal*, et je souris en lui disant *ça se voit, ça se voit.* il pouffe de rire, ouvre son portefeuille et en sort un pétard. *on se le fait ?* demande-t-il, et moi *je ne sais pas, il est peut-être un peu tôt pour fumer*, mais il insiste, *allez, sois pas con, allume-le. d'accord*, lui dis-je parce que j'ai vraiment envie de me détendre un peu et de m'éclater avec toi, mariano, j'ai envie de te connaître à fond et, autant de te le dire tout de suite, d'ouvrir ta braguette.

on allume donc le joint, on fume et on commence à être stones. on a tous les deux les yeux rougis, plissés et on se fend la gueule.

ah, que c'est bon de fumer à lima. comme je regrette ce bon vieux temps. maintenant je suis un homme sain. je ne fume pas, je ne me soûle pas, je ne sniffe pas et je ne me branle même plus car je n'ai pas de rêves érotiques. pourtant j'adore faire des rêves érotiques et mouiller mes draps en pensant à de beaux garçons et à des filles délicieuses.

mais revenons à mariano. lui et moi, on est assis sur un lit pourri, dans une piaule minable qui sent la chambre de bonne et on se fume un pète. on est carbos et on se marre. je ne me souviens plus pourquoi, mais je sais qu'on rigole. vous savez comment c'est, le joint, ça vous fait rire à la moindre connerie.

soudain mariano ouvre sa penderie et en sort une guitare. il s'assoit sur le lit et se met à chanter. il chantait bien, ce petit con. bien sûr, j'étais défoncé et puis tout débraillé qu'il était, comme dirait ma mère, ce petit gars maigre et sexy m'avait bien chauffé. mais je dois avouer qu'il chantait bien, le salopard. il était super inspiré. je ne me rappelle pas ce qu'il a chanté, sans doute les mêmes chansons que la veille, au cielo. il secouait la tête, faisait bouger ses cheveux noirs, longs et ondulés, et me regardait derrière ses grosses lunettes aux verres sales mais sans trop faire attention à moi. il m'a juste regardé deux ou trois fois car il était vraiment concentré sur ce qu'il faisait, le petit.

je me sentais flatté. j'avais l'impression que mariano me dédiait un concert, qu'il ne jouait que pour moi. quand il m'a souri si gentiment au milieu d'une chanson et m'a cligné de l'œil en passant une langue véloce sur ses lèvres, là, mon excitation a connu des sommets. j'ai constaté que je bandais et que je mourais d'envie de le toucher sous la ceinture pendant qu'il chantait ses jolis airs aux paroles poétiques.

parce que mariano était un poète. un poète paumé, sniffeur de coke et légèrement gay sur les bords. voilà pourquoi il vivait à moitié dans la lune et avait un sourire espiègle de gamin qui traîne dans la rue et connaît son quartier.

je ne me rappelle plus ce qu'il chantait, mariano, mais je sais que la chambre était pleine de fumée d'excellente marihuana parce qu'on avait fermé la porte histoire d'être copieusement boucanés. je me rappelle aussi que sa guitare n'était plus toute jeune, on voyait qu'elle avait fait son temps, cette petite guitare à trois sous. moi, j'avais fini par m'écrouler sur le lit et je regardais le plafond en pensant *quand il aura fini ce concert qui m'est exclusivement dédié, je lui dirai tu sais quoi, mariano ? tu me plais, j'aimerais t'embrasser*, quelque chose dans le genre, qui lui fasse comprendre que j'étais prêt à tout pour le choper. j'avais bien envie qu'il me fasse l'honneur d'une branlette, car il y avait très longtemps que personne ne m'avait astiqué et que, même bourré, jimmy ne s'y risquerait pas, je vous ai déjà dit qu'il n'était pas question de lui parler de ces trucs de pédés, il était déjà assez sympa comme ça et souffrait le martyre à cause de cette pute de nina qui lui mettait les cornes avec les bellâtres de punta hermosa et des environs.

alors on a entendu un cri de vieille mal lunée et mariano est devenu tout pâle et a cessé de jouer aussi sec. *putain, la poisse, ça va tourner au vinaigre*, me suis-je dit. il a sursauté et est allé ouvrir la porte de la chambre, qui était comme un four parce qu'on s'était fumé tout le pétard, et il s'est trouvé nez à nez avec une vioque qui avait l'air furax.

t'es vraiment moche, tu sais. on dirait une momie de paracas, le fidèle portrait de juanita, la momie itinérante. moi, si j'avais ta gueule, je me trancherais les veines et je me laisserais partir sans demander mon reste, car sortir dans la rue avec une carotide pareille, c'est une insulte à la société.

il se trouve que –vous l'aurez deviné– ce fantôme planté devant la porte en ayant l'air de se demander *bon sang, mais qu'est-ce qui se passe là-dedans ?* était ni plus ni moins –

bravo– la vieille aigrie qui m'avait parlé au téléphone quand j'avais appelé mariano ce matin-là. autrement dit, c'était la mère de mariano, impossible de me rappeler son fichu prénom, je sais juste que c'était une bigote-casse-couilles mais ça, je ne l'avais pas encore découvert, je l'ai appris plus tard, quand je l'ai un peu mieux connue. à ce moment-là, tout ce que je savais, c'est que cette vioque imposante et griffue n'allait pas tarder à nous faire sortir de la chambre miteuse parce qu'elle était à l'évidence en rogne. très en rogne.

cynique, mariano lui a dit *salut m'man, qu'est-ce que tu fais ici si tôt ?* et la vieille, qui tirait la tronche de quelqu'un qui n'a pas pris de petit déjeuner, à qui des crétins ont marché sur les pieds dans le bus, qui n'a pas chié depuis trois jours et dont le con est sec, archi sec, et qui a eu son dernier orgasme avant l'assassinat de kennedy (je veux parler de john, pas de bobby), la vieille a dit à mariano *mais qu'est-ce que tu fais ? qu'est-ce que tu as fait pour que ça sente la drogue comme ça ?* moi, je me suis levé sur-le-champ et je lui ai dit *bonjour, madame*, mais comme j'étais défoncé, j'ai lâché ça d'une toute petite voix et c'est à peine si elle m'a entendu. elle m'a regardé méchamment et ne m'a même pas répondu, parce qu'elle savait bien que j'avais fumé comme un malade avec son branleur de fils, elle savait bien que j'étais aussi fiotte que son minos de gamin. sur ce, mariano essayait d'arranger les choses et lui disait *maman, je te présente gabriel barrios, de la télé. putain, mariano, mais quel con !* ai-je pensé, alors elle m'a à nouveau regardé et elle m'a dit *comment tu vas, mon garçon ? je te félicite pour ton émission*, mais elle avait un ton aigri et n'était pas franche du collier, c'était juste histoire de se montrer polie, car au pérou, n'importe quel petit blanc un peu rigolo a son émission de télé et devient un héros populaire à qui tout le monde dit *félicitations, vieux , félicitations, mon garçon.* ça ne veut pas dire que ton émission est bonne, mais que le simple fait de présenter une émission à la télé péruvienne est considéré comme un triomphe phénoménal (et à vrai dire, n'importe quel petit blanc un peu rigolo et beau parleur peut avoir son émisson, alors il ne faut pas trop se faire d'illusions, fillette).

on était donc là tous les trois, la vieille tête de doberman, mariano le rebelle et moi, stone comme une vache dans cette piaule miteuse. la vieille était peut-être moche, mais pas con. elle voyait bien qu'on était défoncés et que ça sentait la marihuana à plein nez, alors elle m'a demandé d'un ton speedé (et ce n'est pas pour dire, mais elle avait une tronche speedante) *dis-moi, mon garçon, je peux savoir ce que vous fichez dans cette chambre qui empeste la marijuana ?* alors j'ai regardé mariano et on s'est piqué un fou rire car je n'avais encore jamais entendu une vieille prononcer *marijuana* comme ça, en mettant le paquet sur le « j », et comme on était stones, on ne pouvait pas s'empêcher de rigoler, on se foutait de sa gueule de clébard, ce qui l'a rendue encore plus hystérique. *sortez d'ici, bande de drogués, sortez d'ici* ! *du calme, maman,* a dit mariano, *ne sois pas malpolie, qu'est-ce que mon ami gabriel va penser de toi ?* la vieille m'a regardé avec sa tronche de bouledogue fraîchement embouti par un bus ikarus sur la voie express et m'a dit *en fait, tu es plutôt grossier dans ton émission, mon garçon. vous avez raison, madame, parfois je n'arrive pas à me contrôler*, ai-je soufflé histoire d'arrondir les angles, et ce crétin de mariano a pouffé de rire, simplement parce qu'il était pété et qu'il se marrait pour tout et n'importe quoi. moi aussi, je me fendais la poire, on n'arrivait plus à s'arrêter. la vieille était fumasse. elle a laissé tomber les papiers qu'elle tenait à la main et est allée chercher dans la cuisine une tapette à mouches et *paf*, elle en a collé un coup à mariano. je me suis dit *putain, il faut que je me casse* et je suis sorti de la chambre pendant qu'elle dérouillait son petit chenapan de fils à la tapette. mariano criait *calme-toi, maman, je suis ton fils, ton fils. je vais te faire arrêter la drogue en te flanquant une bonne raclée, drogué, fainéant, tu n'es bon qu'à vivre à mes crochets* ! hurlait la vieille. moi, je ne me suis pas fait prier, j'ai enclenché la première et j'ai démarré en trombe pour ne pas avoir ma dose de tapette. j'ai ouvert la porte de la cuisine et zou, si je t'ai déjà vu je ne m'en souviens plus.

le hic, c'est que la petite nathalie s'était barrée avec mon vélo, si bien que j'ai dû rentrer à pinces.

je suis sorti en courant de cet immeuble qui puait le thon (sans mentir, ça empestait le thon, là-dedans), j'ai dévalé les escaliers et à vrai dire, je ne sais pas si c'était parce que j'étais carbo, mais j'entendais encore la tapette à mouches de cette vieille siffler dans mes oreilles.

arrivé à larco, je me suis calmé. j'ai vu passer un taxi à un coin de rue et j'ai crié *hey, taxi !* le petit chauffeur m'a vu et s'est arrêté. je me suis précipité sur son tas de tôle qui roulait grâce à l'opération du saint esprit.

putain, quelle histoire, ai-je songé.

au golf de san isidro, s'il vous plaît, ai-je dit au métis qui conduisait cette toyota vétuste, parce que sans être expert en mécanique, je n'ai pas tardé à me rendre compte que cette toyota était plus vieille qu'hirohito et que c'était un prodige qu'elle marche encore. le chauffeur a démarré en mettant de la salsa bien ringarde. une petite effigie du seigneur faiseur de miracles se balançait gracieusement autour du rétroviseur. flegmatique, le taxi crachait toutes les cinq minutes, *rhag pfft*. il avait une de ces façons de cracher, ce métis… je crois qu'entre larco et le golf, il s'est débarrassé de cinq ou six mollards, et je n'exagère pas. c'était un sacré cracheur, ce métis, et moi, stone de chez stone, j'étais très impressionné d'entendre cette combinaison de *devórame otra vez* sur radio mar et des bruits de déglutition du métis flegmatique. que lima est belle et comme je l'aime.

je suis donc arrivé sain et sauf au golf, j'ai réglé sa course au métis et me suis dirigé vers la maison de mes parents en passant devant cette académie de petites connasses qui veulent devenir secrétaires et étaient toutes assises sur un muret avec des airs de putes (allez vous faire mettre, mesdemoiselles, j'espère que vous apprendrez au moins à typographier ma bite les yeux fermés). une fois chez moi, j'ai monté les escaliers quatre à quatre jusqu'à ma chambre, où j'ai pris mes gouttes. je suis allé dans la salle de bains de ma mère, me suis versé quelques gouttes dans les yeux, me suis regardé dans le miroir en me disant *mariano te plaît vraiment bien, pas vrai, ducon ? gabriel, le déjeuner est servi !* ai-je alors entendu. je suis descendu très sagement dans la salle à manger, et quand je me suis assis, madame ma mère bénissait en latin nos aliments sacrés.

vivre chez ses parents, il n'y a pas mieux. tant que tu le peux, reste au bercail, mon cœur. c'est moi qui te le dis, moi qui vis seul maintenant et qui regrette à mort la chaleur d'un foyer chrétien où on s'abîme les mains pour te laver tes slips, où on te sert trois repas chauds par jour et où, avec un peu de chance, une employée de maison espiègle et bien gaulée t'accorde ses faveurs. reste chez tes vieux et oublie miami, mon cœur, fais-moi confiance.

III

le lendemain, j'ai envoyé le chauffeur de ma mère chercher mon vélo. je pensais ne jamais revoir mariano. pas question de le rappeler. la terre pouvait s'écrouler, je n'avais pas l'intention de tomber à nouveau sur son bouledogue de mère pour me faire engueuler.

je ne l'ai donc pas rappelé. *s'il veut s'envoyer en l'air avec moi, il n'a qu'à me téléphoner. après tout, il a mon numéro*, me disais-je.

parce que j'ai beau ne pas être un super canon, j'ai tout de même un joli petit cul : rebondi et haut perché, il me plaît. c'est juste dommage qu'il ait quelques poils indésirables. je donnerai cher pour les épiler et avoir le cul parfaitement imberbe et joueur, mais pas de chance, mon cul est un peu poilu, et je ne compte pas me faire épiler à nouveau, car la seule fois où je m'y suis risqué, ça m'a fait un mal de chien malgré les petites compresses imbibées d'alcool qu'on m'a collées dessus et bien qu'on m'ait soufflé amoureusement sur les fesses, ne me demande pas qui, mon cœur. ça m'a quand même fait super mal. plus jamais. pour m'épiler, il faudra attendre que je sois mort et me passer sur le corps.

je ne t'appelle donc pas, mariano, tu peux toujours aller te faire voir parce que ta mère n'est pas présentable et que tu vis dans un immeuble qui sent les tripes, mon pote. je ne t'ai plus à la bonne.

j'ai ma fierté, mon cœur. j'ai une bonne situation, j'ai une famille qui a un peu d'argent (plus trop parce qu'au fil des générations, les héritages ont comme qui dirait été mangés) et un père qui parle anglais comme s'il venait de descendre du *mayflower,* fraîchement débarqué des contrées glacées d'europe. je ne suis pas un plumitif quelconque qui vit dans un immeuble déprimant au beau milieu de l'avenue larco, au cœur du florissant district de miraflores qui, à force de fleurir et de refleurir s'est peuplé de *brownies*. mais qu'est-ce qu'on y peut, chéri, les *brownies* sont partout et si ça ne te plaît pas, tu n'as qu'à te barrer à miami. maintenant il y a des vols d'*american airlines* le matin et le soir. quelle merveille, les ricains, ils sont hyper efficaces.

les jours passent et je n'ai toujours pas de nouvelles

de mariano, mais je pense toujours à lui, je me rappelle le soir où je suis allé au cielo, complètement stone, et où je l'ai vu chanter, danser et agiter sa queue avec un inconstestable brio et un bel aplomb.

je joue à pacman toute la journée. j'avoue être victime de ce vice à la con qu'est pacman, et quiconque ayant déjà joué à ce jeu me comprendra : c'est comme une drogue. je reste des heures devant l'ordinateur, dans ma chambre, et je fais un max de parties et je dois dire que j'ai fait de sacrés progrès parce que les petits monstres ne me chopent plus, je les ai vachement bien étudiés et je sais par où m'échapper et comment leur faire de grosses feintes. je sais aussi dénicher les fruits qui rapportent le plus de points et qu'il faut avaler sans cesser de courir. toute modestie mise à part, à la maison, personne ne joue mieux que moi à pacman. manolo, mon petit frère adoré, essaie de me battre, mais je détiens le record mondial. je passe tellement de temps devant pacman que parfois, ma mère me lance des regards mauvais et secoue la tête en ayant l'air de dire *je n'ai pas eu de chance, bon sang, je ne sais pas pourquoi j'ai un fils si paresseux qui ne fiche rien de la journée.* parce qu'il m'arrive de rester toute une matinée devant pacman. enfin, toute une matinée, non, parce que je me lève vers dix heures et demie, et je descends prendre mon petit déjeuner en pyjama. ah que la vie était chouette quand je jouais à pacman en pyjama ! et le soir, comme j'ai joué toute la sainte journée, je n'arrive pas toujours à trouver le sommeil. je ferme les yeux et je vois l'écran de pacman défiler dans ma tête avec ses petits monstres qui me coursent et moi qui m'engouffre dans ce foutu labyrinthe qui n'a plus de secrets pour moi. pas moyen de me sortir ce putain de pacman de la tronche. je vous jure que c'est un cauchemar d'avoir ce genre de disquette dans le cerveau. je l'ai déjà dit, c'est comme une drogue.

en parlant de drogues, je ne sais pas si j'ai déjà dit que la marihuana me manquait. ça fait vraiment longtemps que je n'ai pas fumé un bon pétard, vraiment longtemps que je ne me suis pas défoncé, que je n'ai plus une faim de loup après avoir fumé, que je ne me balade plus avec jimmy boy dans sa golf blanche en écoutant de la super bonne zique, vraiment longtemps que je n'ai plus ressenti l'excitation géniale et infernale que donne la marihuana, une excitation qui m'obligeait à me branler illico, debout, en imaginant qu'un mec aux cheveux longs me mordait l'épaule ou qu'une belle nana me chevauchait.

mais pour en revenir à mariano : un soir que je

m'ennuie parce que je n'ai personne à appeler ni avec qui sortir, je me dis *va au cielo, mon cœur. au cielo, tu t'éclates toujours*. c'est vrai, j'aime aller au cielo, j'aime cette boîte sombre et sans âme que fréquentent parfois les gens beaux et paumés de la ville.

ce soir, je viens de finir l'émission et j'arrive à la maison en costard, cravate et chaussures de dandy GQ, le visage couvert de crème, de poudre, de fond de teint et autres fards pourris que m'applique une grosse nana pleine d'abnégation qui travaille à la télé. la première chose que je fais est de foncer dans la salle de bains et de retirer toute cette merde infâme. je me regarde dans le miroir et je me dis *bordel, quand est-ce que j'aurai le courage de laisser tomber la télé pour faire ce qui me plaît, c'est à dire écrire ?* pendant que je vire cet immonde maquillage que je déteste, j'essaie de ne pas penser à ce que j'ai dit ce soir dans mon émission. *okay, enfile ton jean et tes bonnes vieilles timberland, demande à ta mère de te prêter la volvo. elle doit souffrir dans son lit en se disant aïe, seigneur, mon dieu, qu'ai-je fait pour avoir un fils qui fait toujours scandale, qui parle de préservatifs à l'antenne et n'a que ce mot à la bouche. préservatifs… quel horrible mot… un mot que le pape condamne en y mettant toute sa verve polonaise*. je me change vite fait parce qu'il se fait tard et je frappe à la porte de la chambre de ma mère, qui est encore réveillée car elle ne dort jamais et me dit *entre, mon petit. maman, tu me prêtes ta voiture ? entre, mon chéri, assieds-toi et viens bavarder un peu avec moi, je n'arrive pas à dormir. je préférerais remettre ça à demain, m'man, parce que là, maintenant, je suis pressé. vas-y, mon chéri, ne t'inquiète pas pour moi, mais essaie de ne pas rentrer trop tard. c'est dangereux de traîner dehors une fois la nuit tombée. ta tante kuki m'a raconté que l'autre soir, ton cousin alfredito s'était fait arrêter par une patrouille de police qui voulait l'emmener au commissariat parce que ses papiers n'étaient pas en règle. alfredito était vraiment inquiet et il a dû graisser la patte au policier. tu sais, la situation est catastrophique.* avant qu'elle se lance dans un sermon de trois plombes sur la *situation* et le pape polonais qui condamne l'usage et l'abus du préservatif, je lui dis *m'man, désolé, je dois y aller, j'ai rendez-vous, on m'attend. pars, mon garçon. n'oublie pas de débrancher l'alarme de la voiture, sans quoi tu vas réveiller ton père et il va râler. tchao, m'man, dors bien*, lui dis-je en refermant la porte et en la laissant avec ses images pieuses, ses saints, ses médailles, ses rosaires, ses prières et son chœur d'anges gardiens, tout ce dont elle s'entoure pour trouver une consolation et une aide spirituelle.

c'est bon, ça roule ma poule.

je dévale les escaliers en essayant de ne pas faire de bruit parce que je ne veux pas que mon père se réveille et me pourrisse la vie en me demandant *où vas-tu, fiston ? à quelle heure rentres-tu ? tu ne veux pas que je te prête un pistolet avec un silencieux pour être tranquille ?* je vais dans le garage, débranche l'alarme et ouvre la porte tout doucement pour éviter de faire sursauter mon père, mais cette fichue porte brait comme un âne. alors que je me dirige vers la voiture pour me barrer une bonne fois pour toutes, j'entends la voix sévère et rauque de mon vieux qui, à moitié endormi, crie *qui va là ? c'est moi, papa. qui ça, moi ? moi, gabriel. où vas-tu ? nulle part, je vais faire un tour, je rentrerai tôt. il est tard, fiston, fais attention à toi. oui, papa, ne t'inquiète pas*. sur ce, il se remet à ronfler sauvagement et lâche des flatulences assassines.

donc, je me casse avec la volvo bleue de ma mère, qui est assez haute sur roues et a de bons baffles, et je mets une cassette de tracy chapman que j'ai déjà écoutée une centaine de fois mais que j'aime toujours. je roule doucement jusqu'au golf puis j'accélère parce que j'adore la vitesse, j'adore foncer dans les rues perfides de lima à l'heure où tous les admirables citadins qui doivent se lever à huit heures dorment à côté de leurs épouses couvertes de bigoudis et portant un appareil dentaire pour ne pas trop serrer la mâchoire afin de corriger leurs dents cagneuses.

j'aime la vitesse.

je vole comme un avion dans les ruelles de miraflores, le long de ces vieux trottoirs, entre les avenues angamos et pardo, où l'on croise des métis en short avec de belles tronches de camés. j'arrive avenue pardo et je me dis que je vais aller faire un tour près de mon immeuble. je descends l'avenue pardo et je passe le feu de la rue espinar. il est rouge mais je m'en fous, il n'y a ni voitures, ni patrouilles de police en vue. j'arrive sur le malecón et je fais un dérapage. les roues crissent jusqu'à ce que j'aperçoive l'immeuble du tonnerre, moderne, chic, où je viens de m'acheter un appart avec moquette et vue sur notre chère mer/bouche d'égout. je pense *putain, mon vieux, tout va bien pour toi, tant mieux, tu as un super bel appart qui t'a coûté la peau du cul et que tu as payé cash, rubis sur l'ongle, comme un trafiquant de drogue*. je fais deux ou trois tours pour admirer l'immeuble et je me sens vachement bien, parce que ça me réconforte de savoir que si je me fâche à nouveau avec mes vieux, auxquels m'oppose encore une vieille rivalité de catcheur, j'ai un petit coin où me réfugier, un endroit où je peux faire ce qui me chante. je quitte le front de mer à tout berzingue après avoir contemplé mon bel appart tout neuf, éteint, sans meubles, qui n'appartient qu'à moi et à moi seul.

je passe devant le haití et sans descendre de voiture, je regarde s'il y a un joli garçon qui y traîne. dommage : je ne vois rien de potable, juste quelques vieux loosers assis autour des tables crasseuses, qui attendent la mort en sirotant du café au lait et en se racontant des conneries, une ou deux rombières excitées aux cheveux teints. sûr qu'elles portent la petite culotte rouge que leur a offerte leur amant colonel. il y a aussi les mêmes serveurs que d'habitude : gros, faisant leur travail avec abnégation dans leurs uniformes usés, ridés, les cheveux gominés, des tronches de poisson et des mains abîmées d'ours mal léchés. tous attendent avec impatience la fermeture du bar, à deux heures, pour dégager leur cul de là et revenir le lendemain. quelle vie de chien, bon dieu. j'admire ces gens qui travaillent pour de vrai.

en ce qui me concerne, je laisse le haití aux loosers, aux vieux dragueurs, aux rombières qui réchauffent leur con au bain-marie, aux intellectuels de pacotille qui passent leur vie à raconter n'importe quoi et à écrire des poèmes aux chiottes quand ils sont constipés (ils ont tous des problèmes de ce côté-là, et celui qui me prouvera le contraire n'a qu'à m'exposer ses arguments en public, à l'antenne).

je passe devant le haití comme une flèche et je jette un coup d'œil devant l'arrêt de bus histoire de voir si mon ami julián y est. julián est pédé et il m'arrive parfois de l'emballer et de l'emmener à l'hôtel qui se trouve à côté du tiptop pour qu'il me baise (avec deux préservatifs, ça oui, car il ne faut pas prendre de risques, mon cœur). après, on se fait deux lignes ou on fume un pétard pour ne pas sombrer dans la dépression, parce qu'être gay ou bi à lima, croyez-moi, ça n'est pas de la tarte.

julián n'est pas là. il doit avoir des embrouilles. il est devenu parano parce que les flics le suivent tout le temps ou qu'il s'est engueulé avec son père, un chilien. c'est du moins ce que dit julián. moi, en fait, je n'en sais rien et je crois même qu'à force de sniffer et de fumer, julián ne tourne plus très rond. pauvre julián, il est si beau, si tourmenté car, comme moi, il aime aussi bien les garçons que les filles.

j'ai envie de faire plein de trucs, ce soir. dommage que julián ne soit pas devant l'arrêt de bus et qu'il n'y ait plus aucun garçon dans le parc à cause de monsieur le maire de miraflores. quelle plaie, ce maire, il continue d'emmerder les garçons qui se prostituent et les putes qui font leur métier avec dévouement. par sa faute, les vampires de la brigade de sécurité du serenazgo viennent prendre des photos, collent des amendes, organisent des battues. ce n'est pas juste, c'est tout ce que je dis, parce qu'il faut bien gagner sa croûte d'une façon ou d'une autre, et ces jeunes putassons et leur queue proposent un service dont nous autres, tendres garçons de lima, avons désespérément besoin quand nous sommes seuls, certains soirs comme celui-ci, où rien ne se passe pendant que tout lima sommeille dans son infinie résignation.

je remonte l'avenue benavides et je passe à côté de l'immeuble où vivait mon meilleur ami quand j'étais à l'école primaire, le petit buñuelos, plus connu sous le nom de toti buñuelos, un petit gros aux cheveux longs qui ressemblait à un crabe ou à une araignée. il était incollable au foot, possédait toute la collection des archives footballistiques depuis que ce sport existe. il te suffisait par exemple de lui demander la composition de l'équipe de chacarita juniors en 1964 et l'empaffé allait jusqu'à te donner le nom des remplaçants. toti et moi, on passait notre vie à parler de foot et à y jouer. on se fabriquait un ballon avec deux ou trois paires de chaussettes et on s'éclatait comme des bêtes dans son appart, avenue benavides. on adorait organiser des penalties et des mini matchs, faire des commentaires comme pocho et josé maría, les deux meilleurs journalistes sportifs de la radio latino-américaine. je l'aimais comme un fou, toti. c'était mon meilleur pote. et puis, je ne sais pas pourquoi, mais la vie nous a éloignés l'un de l'autre. je n'ai pas la moindre idée de ce qu'il fait maintenant, ce petit gros de buñuelos. aux dernières nouvelles, il ferait partie d'un groupe paroissial, et d'après les mauvaises langues, qui ont toujours raison, il serait plus ou moins pédé. entre nous soit dit, ça ne m'étonne pas parce que toti et moi, on était si intimes qu'on aimait bien dormir ensemble, parler des femmes et nous branler. voilà sans doute pourquoi il minaudait tellement avec moi et me montrait les taches qu'il avait laissées la veille dans son lit. mais nous étions encore des gosses, des innocents qui ne savaient pas que deux gays couvaient en eux, que beto alonso et leopoldo jacinto luque –on s'était surnommés comme ça dans nos récits de matchs imaginaires– étaient en vérité de sacrés pédés. salut à toi, toti, sois heureux dans ta paroisse de san antonio où on m'a dit que tu t'étais embrigadé. moi, je ne crois pas que ce soit la religion qui donne un sens à ta vie, mais plutôt les enfants de chœur, mon cher toti, leopoldo luque de l'avenue benavides, crabe des égouts paroissiaux.

je m'engage dans la petite rue du cielo. tout est plutôt sombre. dans n'importe laquelle de ces ruelles de miraflores, tu peux te faire sauter le caisson à cause d'une voiture piégée, et c'en est fini pour toi. parce que cette ville est devenue dangereuse. à n'importe quel coin de rue, tu peux exploser en cinquante mille morceaux. il n'y a qu'à regarder les infos pour s'en rendre compte. tous les soirs, il y a je ne sais combien de morts parce que ces salauds de terroristes ont collé du plastic dans trois ou quatre immeubles d'une rue du centre de miraflores. là, je roule doucement, comme si de rien n'était, me demandant si je vais ou non au cielo. d'un côté, j'ai envie de baiser et j'aimerais voir si, avec un peu de chance, j'arrive à me dégoter un petit mec à moitié bourré qui veuille bien se faire tripoter, juste histoire de connaître plus profondément l'illustre connard de la télé. mais par ailleurs, il est toujours périlleux d'aller au cielo. il se peut que j'y croise un sniffeur de coke qui m'offre quelques lignes et me tienne la jambe pour qu'on aille dans l'arrière-salle faire d'innombrables parties de cartes avant de finir à six heures du mat, stones, sur la costa verde, qu'on joue au baby foot après le lever du jour en écoutant des conversations de merde d'ivrognes au bord de la mer qui, *by the way*, sent elle aussi la merde.

donc, fidèle à ma nature, j'hésite : d'un côté, les petits mecs ; de l'autre, la coke. c'est normal, ce sont mes deux points faibles : les bites jeunes et dures et les lignes de coke-pure-sans-cristaux qui me font grincer des dents, les hérissent au point que j'ai l'impression qu'elles veulent se déchausser et me font faire des grimaces à six heures du matin, avec mes potes du cielo. et moi qui suis connu pour être un gros défoncé mais qui suis aussi très respecté parce que tout le monde n'a pas une émission de télé où dire toutes les conneries qui lui passent par la tête et parler avec tous les crétins, les connards imprésentables, les crève-la-faim et les culottés qui composent toute la farandole du monde de la nuit à lima qui, on le sait, inutile que je le dise, est un trou à rats, à putes et à pédés puants. j'ai beau être gay, je suis toujours talqué et j'ai le cul parfumé à l'eau de cologne, car on ne sait jamais, je pourrais avoir le genre d'occase que réserve la vie, qui est comme une boîte de chocolats, comme le dit ce sympathique taré de forrest gump : tu ne sais jamais sur lequel tu vas tomber (sauf s'il s'agit de chocolats boliviens car là, tu es sûr de te choper la diarrhée).

donc je gare ma voiture, ou plutôt celle de ma très chère mère, une volvo tout à fait présentable, et je branche l'alarme car putain, il y a un max de voleurs qui rôdent dans miraflores, et je descends peinard, un peu crâneur dans ma veste en cuir et mon petit foulard de pédale autour du cou, un foulard que j'adore parce que quand je le porte, j'ai l'impression d'être un gay élégant et raffiné. aussi calme que si je sortais du bloc opératoire, je m'approche de la porte du cielo, et comme il y a toujours deux ou trois camés qui traînent par là, à fumer des pétards et à raconter des conneries, je regarde si je ne vois pas le petit mec à la moto, mais non, merde, il n'est pas là aujourd'hui, il n'est jamais là, ce garçon.

dommage, fait chier. je dois avouer que le petit mec à la moto me rend dingue. c'est un des princes du cielo, un petit gars blond et costaud qui arrive toujours à moto et me regarde en clignant des yeux, comme ça, malicieux, comme pour me dire *je sais que t'es un gros camé et que t'es pédé, star de la télé*. ça, pour le savoir, il le sait mieux que personne. d'ailleurs, un soir qu'on avait fait la fête et qu'on était bien stones sur le terrain de foot de la plage de costa verte, je lui ai dit *si tu veux, je te ramène chez toi*, et il m'a dit *okay* parce qu'il avait laissé sa moto devant le cielo. on est montés dans la volvo et on a continué à se faire des rails mais sans rien dire, car on n'est pas assez cons pour dire n'importe quoi quand on est défoncés, on n'est pas comme ces camés qui, après quatre lignes, te racontent leur vie pathétique sans omettre le moindre détail. bande de ratés, apprenez donc à vous envoyer en l'air en fermant vos gueules. le petit mec à la moto et moi, on a pris l'avenue pardo et je lui propose d'aller dormir dans l'appart que je viens de m'acheter sur le malecón et que j'ai payé cash, cent mille billets verts, pas plus tard qu'hier. il est d'accord, on monte, on s'allonge sur la moquette, et je ne sais pas ce qui lui prend, mais il ne fait rien et s'endort comme un bébé. je souffre parce que ce petit mec est canon et que je commence à être bien excité. alors tout doucement, avec un air de ne pas y toucher, je m'approche de lui, je rampe jusqu'à lui comme un reptile affamé d'homme et je sens mon cœur qui fait *poum, poum, poum* car après la quantité de coke que je me suis reniflée, il est plutôt patraque, et puis aussi parce que quand je suis avec le petit mec à la moto, mon cœur bat toujours la chamade quand il est inspiré. il faut dire qu'il me branche, ce garçon blond de miraflores, qui est gonflé, espiègle et s'achète des maillots de bain importés aux galeries larco de miraflores. oui chéri, j'ai besoin que tu m'enfiles, tu es partant ? allez, chauffe-moi un peu, tu veux bien ? je lui montre mon cul et j'attends qu'il m'enlace, m'enlève mon jean et me grimpe dessus. moi, pour toi, je suis prêt à m'abaisser et à faire les pires trucs qui soient. mais il se réveille en ayant l'air de dire *tout doux, mon vieux, arrête ton char, tu as affaire à un mec, un vrai.* je fais marche arrière, en gentleman pas si gentleman que ça que je suis parce que je viens de lui montrer que j'étais une grande folle. lui se lève tranquillement et passe sa veste en me disant *il vaut mieux que je parte.* et sans se démonter, plus *cool* que ça tu meurs, il se casse en me laissant chargé d'angoisse, debout derrière la fenêtre, à le regarder attendre que passe un taxi salvateur sur le malecón.

je m'approche de la porte du cielo, salue les paumés qui m'adressent la parole *eh, barrios, quand est-ce que tu m'invites à ton émission ? quand tu veux, mon pote*, dit-je alors qu'en fait, je pense *dès que tu te seras fait faire de la chirurgie esthétique, espèce de thon. change de tronche d'abord, on discutera après.* le vigile de l'entrée, pas l'extraterrestre de l'autre soir mais un indien super viril qui se bat à poings nus tous les week-ends pour accomplir scrupuleusement son devoir, *parce qu'il n'est pas question que ces petits salopards toujours en train de faire la fête me manquent de respect, mon vieux*, l'indien super viril me salue très respectueusement parce que je suis infâmement célèbre et qu'il aimerait l'être lui aussi, et parce qu'il achète ses frusques à higuereta, et moi, à dadeland et à bal harbor, donc le respect mérite le respect. l'indien me salue d'un ton hyper cordial, le gros connard. *alors, gabrielito, comment va ? qu'est-ce que tu deviens ? comme ci, comme ça, vieux, on fait aller*. il me tend une main on ne peut plus respectueuse (et moite) et serre la mienne, en confiance. je joue le jeu et je lui fais la bise pour que ce gros con envoie balader les paumés qui rôdent devant la porte, en quête d'un pète ou d'une ligne gratis/gratinée. et comme toujours, l'indien super viril me fait entrer sans payer. je ne paye jamais au cielo. de toute ma vie, je n'ai jamais payé et sans mentir, j'en suis fier, car l'indien super viril me laisse entrer comme si c'était un honneur pour lui que moi, le mec de la télé, je vienne faire un tour dans sa boîte souterraine après avoir amusé la galerie dans mon émission qui *est à mourir de rire, mon vieux, il faut que tu la voies ; l'autre jour, barrios était très en forme et il s'est mis à grimacer comme c'est pas permis*. mais il se trouve toujours quelqu'un d'envieux et d'assez mauvaise langue pour dire *arrête tes conneries, tout le monde sait bien que ce barrios est un gros pédé*. alors se forme la traditionnelle division entre ceux qui défendent barrios *comme un mec qui joue les pédés mais se fait toutes les nanas qui passent, toutes les vedettes argentines qu'il reçoit dans son émission, ce sacré barrios ne s'emmerde pas, c'est moi qui te le dis, mon pote,* et ceux qui pensent à mal et disent *barrios est une fiotte et il drague les gonzesses qui viennent à son émission pour tromper son monde parce qu'au fond, ce qu'il aime, c'est sucer des bites, ce gros pédé. il me fait chier, je ne peux pas le saquer, vieux, alors arrête de parler de ce mec ou je vais devenir mauvais.*

voilà pourquoi à lima, je fais gaffe et je marche à l'ombre. j'entre discrètement au cielo, plutôt timide parce que je ne veux pas qu'un crétin qui aurait envie de vérifier que je suis bien pédé (d'ailleurs c'est inutile, chéri, je le suis mais tu n'es pas mon genre, je n'aime pas les poux camés et ignares), vienne me régler mon compte au tesson de bouteille. de toutes les soirées que j'ai passées au cielo, je peux me vanter de n'avoir jamais au grand jamais été mêlé à une baston, une engueulade ou une bagarre collective, incidents qui, soit dit en passant, sont plutôt fréquents dans cet établissement de miraflores.

me voilà à nouveau au cielo. je suis entré sans payer, mon petit foulard de soie autour du cou telle une énorme pédale. je me sens plus en sécurité entre ces quatre murs noirs bouffés par l'humidité comme des murs de prison, de maison hantée, parmi ces joyeux voyous qui sirotent leur bière et zyeutent le cul des petites nénettes ringardes qui vont et viennent dans les couloirs résineux. je dis ça affectueusement car je considère le cielo comme mon troisième foyer après celui de mes parents, qui est le premier, et le célèbre magasin douillet, hogar, de camino real, qui est le deuxième.

je vais au bar. *mister* tête de lard n'est pas là. c'est le petit maigre avec des binocles qui le remplace. il me salue toujours en se fendant la poire, comme s'il avait fumé, mais en fait il se marre parce que c'est un grand con heureux de vivre. il rigole en me montrant ses dents de vieux lapin et me dit *alors, gabrielito, quoi de neuf, docteur ? ça fait longtemps qu'on t'a pas vu, tu t'étais perdu ou quoi ?* et moi *ouais, j'avais pas mal de taf, un boulot d'enfer. qu'est-ce que je te sers ? un coca bien frais, s'il te plaît. tu ne préfères pas une petite bière ? non merci, juste un coca. t'es vachement calme aujourd'hui, gabrielito, t'as la gueule de bois ? exact, je ne veux pas me faire de mal, ce soir, lui dis-je en pensant allez, sers-moi mon coca et cache-moi ces touches de piano, pauvre taré*. le gringalet me tend mon coca hyper speedé, il se croit le meilleur barman de lima, se prend pour tom cruise en plein cocktail, je ne sais pas si vous avez vu ce film, mais moi, j'ai adoré. je l'ai vu deux fois avec micaela, mon amie de toujours, et j'avoue qu'un jour, on venait de se balader au parc et comme il n'y avait personne devant le cinoche du pacífico, on est entrés et on s'est fait la dernière partie, les dernières dix minutes du cocktail, ce qui fait qu'on a vu ce film deux fois et demie, si on veut. pas parce que c'est un bon film car il est plutôt chiant, mais parce que cruise me mettait à l'époque dans des états pas possibles. il me faisait fondre le dos et le bas du dos, me mettait le rectum de travers quand je le regardais danser en slip, petit et musclé avec son sourire ultrabrite. et je ne dirai rien de ma chère micaela, qui mouillait à mort et était *ready to go* quand elle voyait tom cruise dans cette scène géniale du cocktail. après, on allait chez elle et on baisait comme des fous, quoique, à dire vrai, je n'étais pas très excité. j'y allais juste pour le plaisir de me faire une petite nana et de la voir tout émoustillée en pensant à la queue bien dure qu'en fin de compte, je n'arrivais pas à lui fournir.

je suis au bar du cielo et le binoclard finit par m'apporter mon coca en me disant *c'est offert par la maison, gabrielito. non, mon vieux, tu es fou, je paye*, dis-je en sortant mon portefeuille (qui a dû voir circuler plus de coke que le chef du commissariat de tocache) et en faisant mine de régler. *non, gabrielito, c'est offert, ça me fait vraiment plaisir de t'avoir ici. mille mercis, mon vieux, mille mercis, pour moi c'est toujours un plaisir de te voir*, et je pense *c'est le pied de m'éclater au cielo en sirotant du coca gratuit. j'ai l'impression d'être la princesse enguirlandée et friquée de cet antre pourri, binoclard, mais tu as beau vouloir faire ami-ami avec moi, tu ne seras jamais mon pote, tu es bien trop moche pour ça. comment c'était, ton émission ?* me demande-t-il. *couci couça.* il se marre, le lèche-cul, et j'en profite pour me marrer moi aussi en prenant ma plus belle tête de con. *tchao, mon vieux. à plus, gabrielito, amuse-toi bien, il y a de belles pièces, ce soir*. je rigole, je joue les abrutis, les dragueurs qui se lèvent les jolies gonzesses du cielo parce que manifestement, le binoclard n'a pas capté qu'en fait, je suis gay, réalité qui, je l'ai déjà dit, n'a pas échappé au petit mec à la moto. malheureusement, il n'est pas là ce soir. enfin, même si ce blondinet m'a envoyé bouler comme un malpopre, on est resté copains et quand on se voit, on a toujours une ligne à se partager, qu'elle soit à moi ou à lui, car vous devez savoir que la coke génère une camaraderie particulière, un sentiment d'amitié fugace qui pousse à tout partager, alors sors ta coke et ne sois pas mesquin, mon cœur, car celui qui se défonce tout seul meurt comme un con.

je dégage du bar avec mon petit coca gratos et je salue deux ou trois gusses qui sont toujours scotchés aux murs du couloir, et tout spécialement un petit gars maigre aux longs cheveux qui est tout le temps seul et se fend la gueule dès qu'il me voit, m'embrasse et me dit qu'il a un projet d'émission de télé. *génial, vieux, génial,* lui dis-je, et il me répond *quand est-ce qu'on pourra se voir, gabrielito ? quand est-ce que je pourrai te présenter mon projet ? mais quand tu veux, appelle-moi lundi matin au studio.* et le lundi, le pauvre m'appelle cinquante mille fois mais, bien sûr, je ne suis pas là, je n'arrive que tard dans la soirée, dix minutes avant le début de ma pénible émission (et ça, c'est quand je suis à l'heure, parce que parfois, je suis tellement en retard que je passe à l'antenne sans être maquillé).

je vais aux toilettes histoire de faire un petit pipi et de voir s'il n'y a pas un amateur de coke prêt à m'offrir deux lignes pour me mettre en forme, deux lignes de rien du tout parce que je ne veux pas non plus être à ramasser à la petite cuiller, complètement exhib, cafardeux ou destroy, collé au plafond. non, je veux juste deux petites lignes pour avoir la pêche et confiance en moi, un peu d'autoestime ne nuit pas. je vais donc aux toilettes mine de rien, il ne s'agirait pas qu'on me chope en train de mater la braguette d'un mec aux urinoirs. je m'apprête donc à ouvrir la porte de ces chiottes immondes qui, en général, puent la merde et… sur qui je tombe ? devinez avec qui je me retrouve nez à nez, paf, comme ça ? avec mariano, ce magnifique petit salopard de rocker.

il a une sacrée tronche de défoncé.

la starlette de la télé, dit-il en m'adressant un sourire moqueur. on se serre la main et je souris, ravi parce que j'ai revu mon petit mariano aux cheveux longs qui est un petit merdeux, mais je t'aime quand même, mon biquet, et tout mon corps te désire. *tu es là depuis quand ?* me demande-t-il en me tendant la main, *je ne t'avais pas vu. je viens juste d'arriver*. il sort des toilettes parce qu'il y a un sale type avec une tête de clébard qui veut entrer. sûr qu'il va démouler un cake.

alors mariano et moi, on va discrètement dans la pièce sombre qui se trouve au fond du cielo, où vont danser ceux qui dansent comme des pieds, c'est à dire moi. personne ne danse. la salle est plongée dans la pénombre et il n'y a pas un clampin sur cette mini-piste-de-danse où il m'est arrivé de me tortiller quand j'étais bien bourré, parce que si je ne suis pas pété, je n'ose pas. et si vous voulez que je vous dise pourquoi, c'est très simple : je danse triste. pas mal, mais comme un gay. donc quand je danse comme j'aime vraiment le faire, quand je me laisse porter par la musique, que je ferme les yeux en bougeant comme ça me plaît, le pédé qui est en moi montre le bout de son nez. c'est là que je m'éclate vraiment. maintenant que j'y pense, je me sens super bien quand je danse sur les chansons un peu nunuches que mettait le petit sniffeur de coke avec un grand nez qui passait ses nuits dans la cabine de dj du cielo, qu'on utilisait d'ailleurs plus pour baiser que pour autre chose.

on est tous les deux adossés au mur et je n'ai pas besoin de demander à mariano s'il a de la coke, ça se lit sur sa figure. et n'importe quel camé sait reconnaître à des kilomètres à la ronde une tronche d'amateur de coke.

mariano se met à danser tout seul. il bouge comme un dieu, se passe la main sur le torse, me tourne le dos et remue du cul. il s'éclate tout seul et se laisse porter par la musique.

que c'est bon de laisser la musique envahir ton corps et te faire rêver. mariano est donc devant moi, défoncé, beau, tout à moi, et il ne danse que pour moi. je sirote toujours mon coca en me disant *c'est une chance que tu sois allé au cielo, imagine un peu ce que tu aurais loupé...* j'ai envie de me détendre, de bavarder, de frétiller comme un lézard, de lécher mes lèvres desséchées à cause de cette bonne vieille coke. j'ai envie de me défoncer avec mariano. parce que tout camé sait combien il est douloureux de voir un collègue se sniffer de la bonne dope (ou coupée. peu importe, dès l'instant où le nez picote, toute coke est la bienvenue). je suis donc là, debout comme un con, à le regarder danser et je pense *j'aimerais bien avoir le cran d'aller le rejoindre sur la piste pour avoir l'impression, ne serait-ce qu'un instant, qu'on est un couple et qu'à lima, deux garçons qui s'aiment peuvent tortiller du cul dans une discothèque normale, danser l'un avec l'autre parce qu'il n'y a rien de plus chouette qu'être ensemble, se regarder, se draguer en se disant avec le corps donne-moi ta bite, rends-moi heureux, fais-moi sentir que je suis gay et que si c'est toi qui m'encules, je n'aurai pas peur d'avoir mal.*

mais je n'ose pas, je suis trop timide depuis le soir où je dansais ivre mort dans cette petite salle du cielo, et que deux ou trois mecs se sont pointés, des sales types agressifs qui empestaient l'alcool bon marché. sûr qu'ils avaient picolé à la herradura ou dans un bar mal famé près du zalonazo. ils dansaient horriblement mal, comme s'ils écrasaient des cafards ou évitaient des pétards, un truc dans le genre. moi, je suis resté sur la piste parce que j'étais bourré, et je me disais *qu'ils aillent se faire foutre, je n'ai pas l'intention de renoncer à faire ce que j'aime parce que vous êtes là, bande de clowns à la noix*. j'ai donc continué ma danse de grosse folle heureuse de vivre, et j'entends un des gars dire à un autre *eh, regarde qui est là*. je m'écarte légèrement et, l'œil en coin, je fais comme si je n'avais rien entendu en pensant *ils ne vont peut-être pas me reconnaître et cette histoire va s'arrêter là* mais, pas de bol, l'autre s'exclame *dis donc, j'hallucine ou quoi ? c'est barrios* ! je danse, je me dirige vers la porte, mais je suis raide comme un piquet, et j'entends *mais comment il danse, il remue du cul comme un pédé, ce con* ! alors je sens mon corps devenir encore plus rigide, refuser de me bercer au son de la musique, et je danse affreusement mal, de manière saccadée, exposé aux regards de ces types qui ont tout foutu en l'air, alors j'arrête et je sors d'ici, je me casse du cielo, je conduis la volvo à tout berzingue en me disant *je vais bientôt me casser de cette putain de ville où je ne peux pas être ce que j'ai envie d'être.*

pourtant je n'ai pas mis les bouts tout de suite. et maintenant que je suis loin, je regrette tout ça. je donnerais cher pour me faire une bonne virée au cielo. très cher.

vous ne savez pas comme c'est bon de sniffer, de boire, de raconter des conneries avec les sympathiques voyous de lima. c'est tout un trip qu'on ne peut pas se faire ici, à miami, avec les ricains.

je n'ose pas danser avec mariano mais je me risquerais bien à lui demander deux lignes. je m'approche de lui, qui gigote, les yeux fermés, et je passe un bras autour de son cou et sens sa sueur tiède, alors je me rapproche encore un peu et je lui dis *j'ai besoin de deux lignes.* il me regarde, sourit et me passe une main dans les cheveux. je souris aussi, heureux, et je me dis *ça y est, je peux mourir : mariano m'a caressé les cheveux*.

quand les bonnes choses arrivent toutes en même temps, c'est trop de chance : je vais au cielo, on m'offre un coca, je croise mariano et il me caresse les cheveux. c'est trop. ce genre de soirée, ça ne s'oublie pas.

c'est d'ailleurs peut-être pour ça que je la raconte. parce que le temps a passé et que je me rappelle encore cette soirée avec mariano, quand j'ai senti qu'être gay était après tout une chance, car tout le monde n'éprouve pas ce que j'ai éprouvé quand il a eu ce petit sourire tordu par la coke et a plissé ses yeux rougis d'avoir trop fumé de pétards, qu'il a posé sur moi sa main longue et blanche, une main de branleur, de rocker, de poète maudit que lima ne sait pas apprécier, une main qui a touché le cul de tas de nanas délicieuses et la bite de plein de jolis garçons. il a passé sa main dans mes cheveux et m'a dit *sortons, gabrielito, j'aimerais discuter avec toi.*

mais moi je ne veux pas parler, beauté, je veux *être* avec toi. je veux que tu m'aimes, que tu te défonces avec moi et que tu me fasses l'amour, le dimanche, quand les emmerdeurs de politiciens causent à la télé en début de soirée et qu'on a l'impression que vivre à lima, c'est vraiment chiatique parce qu'il ne reste quasiment pas de gens cultivés dans cette triste ville. je veux que tu viennes avec moi, le matin, quand il n'y a rien à faire, que je fume des pétards et que je vais marcher, lire les journaux et voir s'il n'y a pas d'autres conneries sur moi dans le programme télé. je veux que tu restes allongé sur mon lit quand je passe à l'antenne, que tu regardes l'émission et que tu me dises si elle t'a plu ou, franchement, sans mentir, si ce n'est pas une grosse merde. et je veux aussi que tu sois avec moi quand je rentre, que je retire mon maquillage avec une petite éponge et qu'ensuite, tu enlèves ton slip, tu t'étendes sur le lit pour m'embrasser. je ne veux pas que tu me la mettes, ça fait trop mal, je veux juste que tu m'embrasses et que tu me chantes quelque chose à l'oreille, mariano, mon petit cœur.

on est sortis du cielo. je sens les regards des paumés dans mon dos, je sens qu'ils disent du mal de moi, qu'ils jasent, connards-aigris-ignorants *eh, vise un peu ça, barrios sort avec ce défoncé de mariano lavalle.*

et mariano marche vite, en silence, bien chargé car il se doute que j'ai désespérément besoin de deux lignes. on va dans la voiture mais *ouhouhouhouhouhouh ! merde, c'est cette connerie d'alarme, j'ai oublié de la débrancher*. mariano est pété de rire, j'éteins cette connerie d'alarme.

parce que mon paternel est tellement parano que si ça continue, il va me coller une alarme au cul. mes parents ont mis des alarmes partout dans la baraque. partout. tu ouvres le frigo pour manger… je ne sais pas, moi… de la jelly, et une alarme se met en branle et en plus, tu te prends une décharge parce qu'il y a un câble à haute tension fiché dans ta jelly. je hais les alarmes. elles ne servent qu'à faire chier le monde car au bout du compte, un voleur ayant un minimum d'expérience ne lève pas les bras au ciel parce que ta caisse a une alarme. il te la pique quand même, mon cœur, avec ou sans alarme. alors épargne-toi ce genre de système et, plus sûr encore, demande à ta mère de te prêter sa bagnole. au moins tu n'en seras pas pour tes frais si on te la fauche.

je débranche l'alarme, je tourne la clef de contact, j'appuie sur le champignon et je m'engage avenue larco. *sors la came, mariano.* il prend son portefeuille et je vois la coke briller, me faire des clins d'œil, me tenter. mariano la pince entre deux doigts et la porte à son nez. on voit qu'il a l'habitude, le petit con. il n'a même pas besoin de sa carte d'électeur, de son permis de conduire ou de ses clefs pour se guider. il ne se sert que de ses doigts et n'en fait pas tomber un grain. moi, je lui tends mon permis, mais avant de m'inviter à sniffer, mariano y jette un coup d'œil, fait une grimace débile de vieux camé comme s'il rigolait, mais il ne rit pas car tu ne peux pas te marrer quand tu es carbo. tu as trop la tête dans le cul. *dis donc, gabrielito, je ne voudrais pas dire, mais tu as une sale tronche sur cette photo. je sais, je sais. je déteste cette photo. en fait, j'étais stone quand on l'a prise.* (c'est vrai : ce jour-là, mon pote charlie et moi on était en plein vol astral quand l'idée m'a pris d'entrer dans un studio de photo avenue arenales –le petit narcisse qui est en moi face à la caméra avait dû se manifester– et je me souviens parfaitement que quand on m'a pris en photo, j'étais explosé et je suis devenu hyper sérieux. j'étais horrible mais charlie n'arrêtait pas de rigoler derrière les spots qui me mettaient en sueur, et moi, gravissimo, je tirais une tronche comme trente-six culs. qu'est-ce que tu est devenu, charlie boy ? ça fait des années que je ne t'ai pas vu).

donc, je tends mon permis à mariano et il y dépose deux grosses lignes et je sniffe, je sniffe cette coke très pure qui me monte dans le nez et va direct au cerveau en m'envoyant au ciel.

j'accélère, je baisse la vitre, j'augmente le volume de la zique, je regarde mariano et lui dis *j'ai beaucoup pensé à toi.*

putain, j'ai osé, me dis-je un peu plus tard. je suis comme ça. quand je sniffe, je dis ce que je pense. je ne sais pas si l'effet est le même chez toi, mais moi, la coke, ça me fait cracher le morceau. comme on dit à lima, je me découvre.

voilà, je me suis découvert, mariano. j'ai tout lâché en roulant des yeux d'agneau qu'on mène à l'abattoir. je t'ai avoué que tu me plaisais à mort et que j'avais besoin de toi derrière moi. maintenant la balle est dans ton camp. exprime-toi tout de suite ou tais-toi à jamais. je t'en prie, dis-moi quelque chose. regarde-moi, mariano. mais il est déjà en train de rouvrir son petit paquet et de renifler plus de coke en faisant des grimaces à la con, léchant le tout comme un iguane affamé. j'accélère en songeant *je n'aurais pas dû lui dire ça, je l'ai refroidi avec ma stupide déclaration d'amour*. alors mariano, qui a toujours de bonnes idées, me sort *et si on allait s'acheter des bières et discuter dans un endroit plus tranquille ?*

moi, je l'aime plus que jamais et je réponds *super, allons chez moi, dans mon appart. je ne savais pas que tu avais un appart. si, tout près d'ici, un peu plus bas, sur le malecón. mais c'est génial, gabrielito, c'est génial ! où est-ce qu'on peut trouver des bières à cette heure-là ? tout près, dans un magasin, avenue espinar. sûr, c'est toujours ouvert, là-bas, c'est le rendez-vous des camés.*

je roule dans l'avenue espinar comme un dératé, m'arrête dans une boutique très sympa dont j'ai oublié le nom, achète des canettes de bière et du coca et remonte dans la caisse.

mariano sniffe encore. qu'est-ce qu'il se met, cet idiot ! il s'en est envoyé plusieurs rafales en dix minutes.

sers-toi, lui dis-je, mais c'est lui qui me sert et je sniffe joyeusement, sans me pencher parce que quand il est tard, les gens sniffent sans se cacher à lima. après deux heures du mat, il est légalement autorisé de s'envoyer de la coke dans cette ville, et si ça ne l'est pas, ça devrait. peut-être qu'un parlementaire (de l'opposition, il faut toujours être dans l'opposition) voudra bien me faire le plaisir de présenter ce projet.

speedés, maigres, hirsutes, pas très pédés (du moins pas assez pour que ça se remarque) et ayant envie de vivre à fond les vingt années et quelques qui s'en vont pour ne plus revenir, speedés et pressés de savourer l'existence, speedés et souriant avec l'aplomb olympique qu'on a toujours eu, voilà comment le concierge de l'immeuble nous a vus débarquer. il m'a juste dit *bonsoir, monsieur barrios*, et je lui ai répondu *comment ça va ?* puis mariano et moi on a pris l'ascenseur, j'ai appuyé sur le douze, la porte s'est refermée et j'ai regardé mariano en pensant *toi, ça m'étonnerait que tu fasses de vieux os, tu t'en iras avant moi*. parce que mariano, bien que sexy, très beau et même plus que beau, avait à vrai dire une tronche de paumé fini qui trahissait les quantités massives de came qu'il s'était envoyées par tous les trous.

on entre dans l'appart sans rien dire. j'allume les lumières. il n'y a pas un seul meuble, juste une chaîne stéréo. mariano s'allonge sur la moquette, ouvre son petit paquet de drogue et sniffe encore. je me dis *ce connard se fout de moi, il ne parle pas, tout ce qui l'intéresse, c'est de se défoncer*. j'ouvre les bières et le coca, j'ouvre aussi les fenêtres, je regarde miraflores de nuit. tout est calme, endormi, triste. tout est très mélancolique : tu sais que c'est une ville perdue et sans avenir, mais c'est la tienne et tu l'aimes comme ça. un petit vent frais et espiègle me chatouille le visage. j'adore le climat délicieux de mon lima natal. j'ai une bouffée de nostalgie ou, plutôt, comme me l'a dit un jour une petite nana bien conne et ignorante que je me suis faite, de *nostalgy*, avec un « y ».

je m'assois à côté de mariano et on boit du coca. ah que c'est bon, quel soulagement ! la pilule est enfin passée. rien n'est plus moche que sniffer sans boire. ça noue la gorge. mariano sirote sa bière et me dit *je savais qu'on allait se voir et qu'on vivrait ce genre de truc, gabrielito.* il sourit, plonge ses yeux dans les miens, se gratte la tête, glisse une main entre ses jambes et la laisse là, joueuse, baladeuse. *ne me fais pas ça, mariano, ne me torture pas comme ça, je meurs de désir et toi, tu te mets la main au paquet devant moi.*

mais je n'ose rien dire. je me tais, je baisse les yeux, j'ai l'air d'un petit-pédé-honteux-timide-pudique-car-sa-maman-lui-a-appris-que-la-pudeur-est-une-vertu-chrétienne.

je me risque quand même à murmurer *la première fois que je t'ai vu au cielo, je savais qu'on finirait par mieux se connaître*. il me regarde droit dans les yeux et me sort *on est des âmes sœurs, gabrielito, des frères de défonce*. je pars de ce rire qu'on a quand on a pris de la coke, ému parce que c'est vrai, mariano, on est des frères de défonce, et si ces histoires de réincarnation sont plus que des fables chinoises, alors toi et moi, on s'est peut-être déjà rencontrés dans une vie antérieure.

on sniffe encore, il se rallonge sur la moquette, à plat ventre. je le regarde, il est à plat ventre, l'appart est plongé dans la pénombre, il n'y a presque plus de voitures dans la rue, ma langue frétille comme une vipère en rut, j'ai les dents dures et grinçantes et je ne sais pas quoi faire. je veux m'étendre à côté de lui mais je n'ose pas, je suis mort de trouille à l'idée de subir la même déconvenue qu'avec le mec à la moto.

je ne veux pas t'effrayer, mariano. je ne veux pas te décevoir. je veux seulement être ton ami. faux : je veux être ton ami mais je veux aussi (si ce n'est pas trop demander) être ton amant.

alors il me dit à voix basse, sans me regarder, sans bouger, il me dit *viens*, et je m'approche et lui demande *tu te sens mal ? allonge-toi* me dit-il sans lever les yeux. je m'allonge et je constate que ma main tremble, c'est la coke mais aussi le désir, la tendresse, l'émotion que ta présence soulève en moi, mariano. maintenant j'ose une caresse, je touche tes cheveux noirs, tu fermes les yeux, j'entends ton pauvre cœur protester à cause de la coke dont tu ne t'es pas privé. et après un silence que je trouve pesant, tu me dis *allonge-toi sur moi*. je souris et je pense *je m'allonge sur toi et je te fais tout ce que tu voudras, ma beauté*.

je suis donc sur lui. personne ne bouge. je l'embrasse sur la nuque. il est comme un mort. il ne fait rien. je lui dis *tu me plais*. il ne me répond pas. je lui dis *tu m'excites*. il se tait. je ne veux pas l'embrasser sur la bouche. je ne cherche pas sa bouche. elle ne me provoque pas non plus. on est stones, on a mauvaise haleine. la coke te laisse un sale goût amer. je l'embrasse toujours sur la nuque. il commence à bouger son cul. doucement, tout doucement. je sens que je bande. pendant un court instant je me dis que je préférerais être en dessous. j'aime qu'on me fasse des gâteries, qu'on me morde le dos, qu'on me murmure des choses douces à l'oreille. parce que maintenant, mariano remue ses petites fesses en dessous de moi, et quand un petit cul te réclame un peu de tendresse, tu ne peux pas refuser, c'est une question d'humanité.

mariano m'a aidé. il a baissé son slip –blanc, calvin

klein, vieux et troué– et sans se retourner, les yeux fermés, il m'a empoigné la queue. j'ai mis une capote et je l'ai enfilé jusqu'à la garde.

à présent on bouge tous les deux, il se tait, reçoit tout ce que je lui mets pendant que je souffle *mariano, mariano, mariano.*

c'était un beau moment. on était tous les deux allongés sur la moquette, pétés, tachés, main dans la main à regarder au plafond, à écouter le bruit de la circulation en silence, sans rien nous dire.

c'était un moment génial parce qu'on avait fait l'amour. ça, c'était de l'amour.

je me souviens de toi et je suis ému, mariano. tu me manques. où que tu traînes, j'ai envie de te voir. mais c'est trop tard. tu es parti. je ne sais pas où tu es allé te fourrer.

après l'amour, on est restés étendus sur la moquette, la braguette ouverte, et ces quelques minutes étaient encore plus agréables que l'acte amoureux. peut-être parce que j'avais ingénument l'impression d'avoir enfin trouvé le garçon que je cherchais depuis si longtemps.

ensuite on est allés au silvestre manger des sandwiches. car il faisait déjà jour. mon dieu qu'ils étaient bons, ces sandwiches triples. le silvestre de l'avenue benavides venait tout juste d'ouvrir. on s'est assis au bar, on a mangé en silence puis je t'ai raccompagné devant l'horrible immeuble où tu vivais.

avant de descendre de voiture, tu m'as regardé, tu as souri et tu m'as dit *ne disparais pas, starlette.*

je suis rentré chez mes vieux à toute allure. j'étais speed et cependant heureux. je suis gay et c'est très bien comme ça. comme c'est chouette de tourner autour du rond-point de la place gutierrez en appuyant à fond sur le champignon. j'aime que les pneus crissent comme ça.

IV

bien sûr, je me suis mis au lit et je n'ai pas pu dormir.

j'ai cogité toute la matinée. je suis resté à regarder au plafond, à me moucher, à me traîner aux toilettes pour y chercher plus de papier hygiénique, à écouter ma mère prier dans sa chambre.

speedé, le cœur en vrille, les mains tremblantes comme celles d'un vieillard atteint de la maladie de parkinson, la bite recroquevillée, réduite à sa plus infime expression.

une horrible matinée de plus. le genre de matinée qui fait à nouveau germer en moi l'idée du suicide. parce que quand je broie du noir, que j'ai la bouche pâteuse et la tête comme du béton armé, je pense toujours au suicide. cela ne me semble pas une si mauvaise idée, surtout quand tu sniffes de la coke, que tu es pédé et que pour couronner le tout, le destin a voulu que tu vives dans une ville comme lima.

enfin, j'ai pris mon courage à deux mains (ce qui vaut toujours mieux que de se prendre deux lignes) et j'ai décidé de partir de chez mes vieux et de déménager dans mon nouvel appart sur le malecón. j'ai donc levé le camp, encore étourdi par tout ce qu'on s'était envoyé la veille, et je me suis installé chez moi. sans y réfléchir à deux fois, je suis allé au hogar de camino real, où les vigiles de l'entrée m'ont salué cordialement, et je me suis acheté un grand matelas avec son cadre en bois, et zou, j'ai déménagé. je suis libre maintenant.

dans l'après-midi, les blacks de hogar sont arrivés dans un vieux camion. ils ont déchargé le matelas et l'ont monté au douzième en soufflant. je leur ai donné un gros pourboire en pensant *mes jolis petits blacks, pourquoi ne restez-vous pas un moment, vous savez si bien bouger des hanches qu'on pourrait essayer le lit et vive alianza lima !* mais non, gentleman comme toujours, je leur ai sorti des blagues grivoises en les raccompagnant jusqu'à la porte et ils m'ont dit *tchao, gabrielito, bravo pour ton émission*, et moi *tchao, mille mercis, tenez, pour vous payer une petite bière*. ils sont partis et je me suis écroulé sur mon matelas. j'ai dormi tout l'après-midi en me disant *ça y est, mon pote, tu as déménagé, tu es libre, tu n'as plus personne pour te faire chier.*

mais après, je me sens seul. mariano me manque.

je vais me promener dans les rues déloyales de miraflores. je consulte ma montre et constate que j'ai encore deux heures devant moi pour glandouiller dans le quartier, car à dix heures, je dois mettre un costard et une cravate dernier cri et zou, au studio, au cirque de chaque soir. ce n'est pas une vie, mon cœur, mais on me paye bien, on m'applaudit et mes photos paraissent dans les magazines. c'est toujours ça, ça vaut mieux que rien.

le soir, les indésirables me font moins chier. ils me reconnaissent moins. mais les changeurs de dollars sont toujours les premiers à m'adresser la parole, à me crier *eh, gabrielito, c'est vrai que tu te tapes fiorella ?* moi, je me contente de leur sourire en prenant ma plus belle tête d'imbécile et ils se marrent, ils se frottent le ventre, heureux comme des petits fous, les changeurs de dollars. ils ont les poches, les chaussettes et le slip bourrés de billets, les gros cons. il faudrait les coller en prison, ces voyous qui enlaidissent la ville. ils me crient *eh bien… gabrielito… amuse-toi bien, gabrielito*, et moi, *merci, vieux* et je continue mon petit bonhomme de chemin avenue pardo en me disant *putain de bordel de merde, quand est-ce que je vais me casser de ce pays délirant, quand est-ce que j'aurai les couilles pour lâcher la télé et vivre en paix, sans avoir à hurler dans les rues comme un clown* ? bientôt, mon cœur, très bientôt, parce qu'au fond, je sais que je vais finir par oser. il suffit d'attendre le bon moment et de frapper quand personne ne s'y attend.

je traînasse avenue pardo et je passe à côté de l'immeuble de rubiños, qui n'est pas mon ami même si je suis sûr que s'il me croise dans la rue, il m'adressera la parole. il est sympa, ce mec, une légende du foot national, un gagnant. une fois, je suis allé chez lui avec un petit gros vicelard qui n'arrêtait pas de me draguer. moi, j'étais jeune et je ne pigeais pas qu'il aurait bien voulu aller plus loin. apparemment, ce petit gros était l'associé de rubiños, et on s'est retrouvés tous les trois assis dans le salon de son appart, parlant très amicalement du football mondial et d'autres conneries pendant que je regardais les portraits des membres de la famille de rubiños, idolâtré par ses fans, les photos de la femme et des gosses en bas âge de cet admirable mari et père de famille. il y avait des photos partout et il était très fier de ses gosses. il avait des meubles flambant neufs sur lesquels il avait mis des housses pour qu'ils se conservent mieux au fil des années, qui détruisent tout sans pitié. un sacré joueur sacrément économe, rubiños. contrairement à d'autres talents du foot national, il a su amasser une petite fortune pour assurer son avenir et celui de ses proches. tant mieux pour toi, rubiños, je te souhaite encore de beaux succès.

je marche toujours avenue pardo et je suis dégoûté de voir des rats entrer dans les caniveaux et en sortir. voilà pourquoi je ne me balade jamais du côté de l'avenue alameda central, qui a beau avoir des bancs et de jolis réverbères jaunes on ne peut plus représentatifs des zones piétonnes, quand tu t'y risques de nuit, tu croises d'énormes rats bien dodus qui ressemblent à des queues de blacks. je marche vite, j'ai peur. j'ai peur des rats. en ce moment je hais lima. cette ville est parfois vraiment déprimante. pourtant je ne suis pas très exigeant, j'aimerais juste vivre dans une ville où on peut marcher la nuit sans qu'une armada de rats vous saute à la gorge.

je fais donc ma vie tranquillement, en essayant d'ignorer les rats qui prennent possession de la ville. mon petit foulard de soie autour du cou, je marche dans l'avenue pardo, artère centrale de miraflores, et malgré les rats et les épaves, les putes et les flics ripoux, les voleurs qui n'attendent que de te sauter dessus pour te piquer ta montre, je me sens on ne peut plus libre et on ne peut plus gay.

mariano, j'ai envie de te voir.

je vais chez toi. tant pis si je croise ton bouledogue de mère, qu'elle aille se faire foutre. je veux te voir, je veux voir le visage du gentil garçon avec qui j'ai fait l'amour hier soir.

et puis ça va mieux. j'ai moins la tête dans le cul à cause de la défonce d'hier soir. parce que les grands camés (et à l'époque, j'en étais un, même si je me suis désormais repenti à vie) récupèrent vite, et le lendemain ou le surlendemain, leur pif les chatouille de nouveau et ils se mordent les lèvres à l'idée de deux petites lignes à renifler histoire de se remettre sur le pied de guerre.

oui, bonne idée : au lieu de me pointer à l'improviste, je vais d'abord lui passer un coup de fil.

je vais au haití et je lui téléphone de la caisse, et s'il n'est pas là, je ne passe pas chez lui. pas question de me faire engueuler comme du poisson pourri par sa mère. moi, j'aime marcher à l'ombre, je ne veux pas d'embrouilles avec toi, tête de chien.

heureusement, je connais le numéro de mariano

par cœur. j'ai beau être un défoncé, j'ai la mémoire des chiffres, surtout quand il s'agit du numéro d'un gars aussi mignon et dragueur que mariano.

oh, tu ne peux pas savoir comme tu me manques, mon salaud.

je presse le pas, je passe devant la librairie época où j'allais autrefois feuilleter les magazines de foot et le dernier hola pour voir qui était dans le lit de cette petite maligne de chábeli, une super nana dont la beauté est cependant sans commune mesure avec celle de ses frères, deux petits bruns canon. oh, les fils de julio me plaisent à mort !

je continue de marcher vite car j'ai envie de voir mariano, j'ai besoin de le voir. je passe devant le pressing où je donnais autrefois mon linge sale à laver et tous mes slips à l'indienne bien en chair et sympa qui m'accueillait toujours gentiment et prenait mes slibards sans avoir l'air dégoûtée, avec toute la tendresse du monde. elle aimait bien les slips, cette indienne, sûr que dans le fond, sa petite chatte bridée lui réclamait une bite, à cette pauvre petite queutarde. je marche, j'ai le feu au derche, je me magne le cul, j'ai une tronche de givré parce que quand j'ai envie d'être avec un garçon, je suis d'assez mauvais poil et je perds à moitié la raison.

ça y est, je suis au haití.

on n'aurait pas pu trouver meilleur nom à ce café de miraflores. car tout le monde sait bien qu'haïti, c'est un drôle de pays. ne me dites pas que je charrie : qui irait vivre là-bas ? personne. les pauvres blacks d'haïtiens n'ont qu'une envie, c'est de se barrer, que ce soit en canot pneumatique, à la nage avec une bouée ou à dos de crocodile. pauvres petits blacks qui meurent noyés par dizaines et fournissent de la bonne viande aux requins sans âme qui infestent ces mers chaudes.

et de même qu'haïti est disons un endroit assez peu attrayant, le café éponyme de miraflores fait honneur à son nom. c'est donc un lieu plutôt infâme.

dans ce fameux café se donnent rendez-vous tous les paumés de la ville pour y ruminer leurs échecs, échanger leurs rancœurs, commenter les stupides ragots sur les politiciens locaux dont tout le monde se fout éperdument. dis-moi, mon cœur : qui s'intéresse à ce qui se passe ou ne se passe pas au pérou, ce pays de rien du tout situé dans le trou du cul du tiers-monde et en passe de gagner le quart-monde, en situation scabreuse, sur la touche (pour reprendre un terme largement employé par les commentateurs sportifs) ou, histoire de bien me faire comprendre, qui côtoie le terrible fantôme de la crise ?

à part les paumés et les vieilles putes qui ont envie de se faire un petit jeune moyennant finances, à part les acteurs pédés qui s'imaginent être des marilyn à bite, personne n'a envie d'aller boire un café au haití.

ne va pas au haití, mon cœur. reste chez toi. économise un café et ne traîne pas avec les loosers. j'en profite quand même pour adresser un salut à toute la faune qui prend à présent un café à la terrasse du haití. comme le disait un ami qui est maintenant un ex-ami (car malheureusement, avec moi, les amis ne font pas long feu), la meilleure chose qui pourrait arriver à lima, c'est qu'un beau jour, un de ces bus qui servent à réprimer les manifestations vienne balancer de gros jets d'acide chlorhydrique sur tous les abrutis qui prennent leur café, sirotent leur bière et bouffent des sandwiches mixtes à la terrasse du haití. sans raison particulière, ce serait juste un acte gratuit. ça me ferait vraiment marrer.

j'entre au haití en tirant une gueule triste et timide et j'essaie de ne regarder personne parce que je ne veux pas qu'on me reconnaisse, qu'on m'adresse la parole, qu'on me demande *alors, gabrielito, qui as-tu invité à ton émission, aujourd'hui ?* en fait, je ne sais même pas qui je reçois ce soir, je n'apprends le nom de mes invités qu'en arrivant au studio, quand ma productrice me dit *aujourd'hui, il y a machin qui vient, ou truc, ou bidule, et c'est l'orchestre d'un tel qui jouera*, et moi *okay, okay, parfait*, car pour être franc, je me fous des gens avec qui je parle. ce qui compte, c'est de faire de l'audience et d'avoir un salaire régulier.

me voilà donc au haití, au milieu des ivrognes et des pédés, et par chance, personne n'est venu me parler parce qu'ils savent tous que j'ai mauvais caractère. *ne lui dis rien, ça vaut mieux, mon pote, parce que ce mec est super timide. quand il passe à la télé, on dirait qu'il se transforme, il paraît qu'il sniffe comme un malade avant son émission.* (*by the way*, j'en profite pour dire que ce n'est pas tout à fait vrai. d'accord, il m'est arrivé de faire mon émission à moitié défoncé, mais c'est l'exception qui confirme la règle. quelle est la règle ? je ne m'en souviens plus. tout ce que je sais, c'est que si ta nana n'a pas ses règles, tu es mal barré).

mais ne te distrais pas, mon vieux, nous étions au haití.

j'y suis allé pour passer un coup de fil à mon petit mariano chéri. parce que j'ai envie de le voir et que j'ai deux heures à tuer avant d'aller au studio. je m'approche donc du bar couvert de graisse et je demande au caissier, un type incontinent et constipé qui a une petite moustache de mariachi (depuis que j'ai mis les pieds au haití pour la première fois, c'est toujours ce vioque imprésentable qui est derrière la caisse. tu as vraiment envie de faire chier ton monde, putain, quand est-ce que tu vas claquer et que tu arrêteras de nous mater avec ta tronche de mal baisé, mathusalem ? j'espère bien que tu vas tomber en syncope ou crever d'un bon emphysème pulmonaire pour te casser une bonne fois pour toutes et laisser la place aux nouvelles générations montantes qui voudraient bien avoir un petit job décent. tu sais, mon pote, caissier au haití, c'est un bon début), bref, je demande à mathusalem *vous seriez bien aimable de me prêter votre téléphone*, et le vieux me répond *bien sûr, c'est cinq sols les trois minutes*. je pense *vieux rapiat, enfoiré, cinq sols pour un appel, c'est du vol à main armée*, mais il n'y a pas moyen de faire autrement, alors tu sors ton portefeuille et tu payes, ou alors tu vas dans la rue et tu passes ton coup de fil d'une de ces cabines qui sentent le vieux pouilleux, sans oublier qu'elles sont toujours hors d'usage. si jamais quelqu'un me dégote une cabine avec un téléphone qui fonctionne dans lima, je l'invite à prendre un lunch avec luis miguel à la rosa náutica. (et laissez-moi vous dire en passant qu'une fois, j'ai eu une histoire avec le beau luismi. j'étais super ému à l'idée de l'interviewer dans sa suite, et le jeune chanteur mexicain est descendu tout parfumé et n'arrêtait pas de bâiller parce qu'il venait juste de se réveiller d'une longue sieste histoire d'atténuer les effets du *jet lag* qui, on le sait, affecte principalement les gens du spectacle. on s'est serré la main et on s'est mis à parler agréablement de tas de choses futiles et éphémères que j'ai oubliées depuis. tout ce dont je me souviens, c'est qu'il était canon et qu'en plus, il avait un jet privé. je l'imaginais en train de se branler dans son jet et j'en avais l'eau à la bouche. c'est sans doute ce qui m'a poussé, au moment de prendre congé de lui, qui bâillait toujours exagérément, à lui dire avec un sacré toupet *tu sais, tu sens vraiment très bon, luis miguel.* luismi et son armée de gardes du corps étaient sciés, puis le chanteur a éclaté de rire et s'est barré aussi sec, excité comme une puce).

c'est n'importe quoi. personne ne m'a demandé si je connaissais luis miguel et voilà que je vous raconte sans la moindre pudeur toute mon histoire avec la star. *sorry*, les filles, mais je me trouve insupportable. je pense à luismi (ou micky, comme l'appellent ses intimes) et j'ai envie d'aller m'inscrire en courant à son fan club. parce qu'il faut avouer que cette jeune star mexicaine s'est vachement améliorée dernièrement, et que le super disque où il chante des boléros me rend baba, littéralement baba. je suis fou de ce garçon, de ses petits sweats blancs aux manches toujours archi retroussées. ah, luismi, micky, divine diva, n'oublie pas tes fans péruviennes car tu nous manques à mort !

je file cinq sols au mathusalem du haití en lui disant *tenez, monsieur* et je m'empare du petit combiné merdique. j'essaie de composer le numéro de mariano mais cette saloperie de téléphone ne marche pas. alors, d'un calme olympien, mathusalem sort un trousseau avec quinze mille clefs et me dit *un moment, mon garçon, il faut que je déverrouille le téléphone*. le connard glisse une clef dans l'appareil et me dit *et voilà. si jamais vous devez parler plus longtemps, la minute supplémentaire est à un sol*. je souris paisiblement et compose le numéro de mariano en pensant *tu vas crever et personne ne te regrettera, sale radin. tous les vieux minables dans ton genre qui sirotent lentement leur petit café parce qu'ils n'ont pas un rond pour en commander un deuxième, toutes ces épaves organiseront un barbecue quand on te mettra six pieds sous terre et qu'on recouvrira ta tombe de ciment, vieux con.*

mathusalem continue de fumer sa brune qui sent la merde, sûr qu'elle est au guano, cette clope.

j'entends *ring, ring, ring* et personne ne répond. décroche, mariano, dis-moi que tu es là et qu'on peut se voir ne serait-ce qu'un instant. *ring, ring, ring.* allez, réponds, petit rocker, où que tu sois. et pendant que j'attends que mariano veuille bien se manifester, j'entends une conversation téléphonique typique. parce que n'importe qui ayant vécu à lima sait que quel que soit le numéro composé, on entend presque toujours deux oligophréniques/onanistes qui se racontent des trucs dans ce goût-là : le gars *eh, comment tu t'appelles ?* la fille *qu'est-ce que ça peut te faire, espèce de curieux ?* lui *allez, ma vieille, donne-moi ton numéro, je veux juste être ton ami.* elle rigole bêtement et perd son souffle *je n'ai pas le téléphone*, et lui, le gros malin, *ah ouais ? d'où tu m'appelles, alors ? arrête ton char, sois pas vache*, et elle *n'exagère pas, à ta place, je ne serais pas si sûr de moi, tu ne me connais même pas. justement, j'aimerais bien te connaître, ma chérie, j'aimerais être plus intime avec toi, allez, laisse-moi ton numéro, qu'on devienne potes*. bien conne, elle se marre encore et lui dit *je ne peux pas parce que j'ai un amoureux*, et lui *ce n'est pas grave, je ne suis pas jaloux*, et elle *toi, quand tu as une idée dans la tête, hein…* et lui *c'est pas ça, c'est ta voix… je la trouve hyper sensuelle, tu sais*, et elle *aïe… en fait, je trouve que la tienne n'est pas mal non plus,* et lui *comment tu t'appelles ? allez, dis-moi juste ça, me laisse pas tomber, sois pas méchante, me fais pas souffrir.* elle laisse passer un peu de temps, soupire, souffle pour finir par lâcher *je m'appelle etel, mais tout le monde dit etelita. c'est un super prénom, etelita, de la balle, etelita comment ? etelita rien du tout, je ne vais certainement pas te donner mon nom pour que tu ailles le chercher dans l'annuaire, je t'ai déjà dit que j'avais un copain. si jamais il est au courant, il te massacre parce qu'il est vachement jaloux, mon mec. mais etelita, je veux seulement être ton ami, passer un moment avec toi pour briser la glace,* et elle *quoi ? qu'est ce que tu as dit ?* il se fend la poire et elle aussi, et bordel, personne ne répond, *ring, ring, ring.* mathusalem me mate en tirant une tronche comme trente-six culs, mais au bout du compte, dieu est péruvien, j'entends *allô ?*

allô ? je pourrais parler à mariano, s'il vous plaît ? j'entends une voix de nana *non, il n'est pas là, c'est de la part de qui ? gabriel. gabriel comment ?* je ne dis rien, je la fais mariner, et puis, tout bas pour que mathusalem ne sache rien, je murmure *gabriel barrios. eh, salut, mon vieux, je ne t'avais pas reconnu, c'est nathalie à l'appareil. salut* nathalie, *comment tu vas ? pas mal, normal, quoi. dis, mariano est sorti. oh merde, c'est con. il n'y a pas longtemps qu'il est parti, il n'a pas dit où il allait. bon, ce n'est pas grave, je voulais juste lui faire un petit coucou. et moi ? tu ne me fais pas coucou?* je rigole et lui dis *mais bien sûr que si, nathalie, bien sûr que si.* je consulte ma montre histoire de ne pas laisser s'écouler les trois minutes réglementaires et que mathusalem ne me fasse pas raquer plus que prévu son téléphone pourri qui n'a pas dû être nettoyé depuis au moins mille ans, parce qu'il sent la glaire de vieux galeux. *tu veux que je laisse un message à mariano ? non, pas la peine, je voulais juste lui dire bonjour.* alors elle me dit *pourquoi tu ne passes pas ? tu pourrais l'attendre ici. si ça se trouve, il est juste allé s'acheter des cigarettes au coin de la rue.* je jette un nouveau coup d'œil sur ma montre et constate qu'il me reste au moins une plombe et demie avant que les fatidiques dix heures du soir sonnent, et je me rappelle le petit-cul-haut-perché-galbé-ferme de nathalie. je lui dis *bonne idée, j'arrive, comme ça j'en profiterai pour te voir. génial, je t'attends.* je lui dis *tchao*, elle me dit *tchao, star de la télé*, et on raccroche en se bidonnant. *merci, monsieur*, dis-je à mathusalem. le vieux con ne daigne même pas me regarder. il m'ignore et fume toujours sa cochonnerie de clope au guano.

je sors du haiti et contourne les tables de la terrasse en prenant des allures de macho car je sais qu'on me mate.

je me magne toujours quand je passe par là. je prends des airs de gros dur, de méchant qui a l'air de se dire *il faut que j'aille acheter de la coke parce que mon émission démarre dans une heure et demie*. je sens que les gens me regardent et se disent *eh, vise un peu, c'est ce trouduc de barrios.* je presse le pas comme si j'avais un truc hyper important à faire alors que je glande comme pas deux, je vais chez la petite nathalie, voir si je n'ai pas perdu ma journée, parce que si je ne peux pas choper mariano, il me sera peut-être possible de miser sur sa sœur et de sortir gagnant, mon pote.

je passe devant la pizzeria comme un vrai mec et je me souviens de la fameuse loi romaine : *d'abord avec le frère, ensuite avec la sœur*, sage et ancienne loi que m'a apprise feu orlando burga, vieux journaliste au quotidien *la prensa de lima*, qui est mort victime de l'alcool dans une misérable chambre à côté du centre commercial risso. (tu n'as pas perdu grand-chose, orlando, car peu après que tu as déserté ta piaule décorée de bouteilles de vodka, ton canard est parti en vrille, ça a été la faillite et il a coulé comme un rafiot pourri. aujourd'hui, plus personne ne le pleure à lima.)

j'arrive, nathalie. je ne sais pas pourquoi, mais tu me rappelles vraiment stéphanie, la princesse. pourvu que tu sois aussi pouffe qu'elle. elle m'a toujours beaucoup plu, sans doute parce que plus jeune, elle avait l'air un peu hommasse et que j'aimais m'imaginer qu'elle avait des seins et une bite. je la voyais dans les pages de hola et je me la chopais, je me l'envoyais et me la farcissais comme il faut, la petite steph de mon cœur. ah que la vie était chouette quand je lisais hola, quand je bossais dans la presse et écrivais des éditoriaux sur les misères sentimentales de la principauté de monaco.

je suis avenue larco, une artère laide, pleine de voitures, de commerces bon marché, de librairies où tu peux piquer un bouquin sans ameuter toute la galerie, de glaciers douteux. si tu y manges une glace, tu t'attrapes une diarrhée carabinée et tu dois aller chier dès la première page de pub. croyez-moi, rien n'est plus pénible que d'animer une émission de télé en ayant la chiasse. la vache, c'est tout un art. avec pas mal d'aplomb et un demi sourire, tu annonces *la suite du programme après une petite pause*, tu te lèves, tu arraches ton micro et tu files aux toilettes. bien sûr, les gogues du studio puent la merde car ils n'ont pas été lavés depuis mille ans. tu t'assois sur la cuvette à la vitesse de l'éclair et, en apnée car ces chiottes sont vraiment dégueulasses, tu chies à cent à l'heure. comme il n'y a jamais de papier hygiénique dans ces toilettes infectes, tu ne t'essuies pas, tu te contentes de remonter ton froc sur ton cul en l'état et tu cours te replacer devant les caméras. tu remets ton micro, tu souris, peinard, et *bon retour parmi nous, mes petits amis*. tu continues de déblatérer tès conneries habituelles mais au fond, la seule et irritante question qui te préoccupe, c'est *putain, j'ai le trou du cul en fleur.*

j'arrive devant l'immeuble qui sent les tripes et j'appuie sur la sonnette en me disant *j'espère que tête de chien n'est pas là*. j'entends crier haut et fort *gabriel* ! impossible que l'interphone ait été réparé et qu'on entende aussi bien. non, c'est nathalie qui hurle de la fenêtre. la petite conne m'adresse un sourire d'écolière libidineuse qui veut se débrouiller comme une grande dans la vie. *salut*, lui dis-je. *attends-moi en bas*. je lui dis *okay, pas la peine de te presser. je descends tout de suite, attends-moi*, et elle dégage de la fenêtre. je me dis *si elle ne veut pas que je monte, c'est qu'il y a une raison, quelque chose qu'elle préfère m'éviter. sa grand-mère est peut-être là, elle a une grave crise de flatulences et donne un concert gazeux dans le salon. nathalie, qui n'est pas une imbécile, veut m'épargner ce genre de surprise*. gentleman, comme toujours, je reste donc debout devant la porte de l'immeuble en songeant que c'est vraiment dommage que mariano ne soit pas là car ça me chatouillait fortement en bas du dos, j'avais vraiment envie de le voir, de le toucher, de sentir sa ferme virilité pénétrer ma cavité arrière jusqu'à la garde, jusqu'à ce qu'il me tue de plaisir. mais comme lot de consolation, nathalie n'est pas si mal, bien foutue, tout à fait baisable, et j'ai l'impression que son entrejambe réclame à grands cris une bonne grosse queue qui fasse son bonheur.

ah nathalie, si tu savais comme je te comprends, fillette ! moi aussi, je sais ce que c'est que de désirer un garçon branché sur la chose et intelligent. je suis gay mais pas dogmatique, chérie, et si je n'ai pas de petit mec sous la main, je peux toujours draguer une nana. après tout, ce qui compte, c'est la baise. moi, je dis que celui qui ne baise plus est capable d'oublier comment c'est et qu'il ne vaut mieux pas courir le risque.

salut gabriel, crie nathalie en dévalant les escaliers. elle me tombe dessus, très aguicheuse, très heureuse, très moulée dans son wrangler. elle porte un sweat bob marley qui n'est encore jamais passé à la machine à laver et des baskets imitation reebok qu'elle a dû s'acheter au marché aux puces de la place higuereta. tant mieux pour toi, fillette. on fait ce qu'on peut avec ce qu'on a. quand tu iras à miami, tu pourras te payer des fringues sympa. pour le moment, tu dois te contenter d'higuereta, mais rassure-toi, tu es quand même jolie et tout à fait baisable.

je réponds *salut nathalie, ça fait plaisir de te voir,* et on s'embrasse sur la joue, *smack, smack*. oh, comme c'est sympa, ces deux petites nénettes qui se disent bonjour hyper délicatement ! elle, rien que de me voir, ça la fait marrer. moi, je souris et voilà qu'on se balade sans but précis et qu'elle propose *si on allait un peu au parc ?* je dis *okay*. on marche vite, on se presse, et je me dis qu'en fait, cette petite n'est pas petite, mais naine, parce que même sur la pointe des pieds, elle ne m'arrive pas au-dessus du nombril. t'inquiète, tu n'en restes pas moins canon, mon chou. j'aime tes lèvres charnues de suceuse, des lèvres pulpeuses, voluptueuses et sensuelles que je me ferais un plaisir de mordiller.

elle me demande, *alors, qu'est-ce que tu deviens ? rien, je suis calme en ce moment. comme si tu sortais du bloc opératoire ? exactement. menteur*, dit-elle en rigolant, *tu as l'air calme, comme ça, mais tu ressembles à un voyou.* je souris sans rien dire et fais une tête de sale type parce que je vois bien qu'elle veut s'imaginer que je suis vicelard et salace et que j'ai envie de me la faire, de doigter son petit con d'ado.

mais elle se trompe, j'ai juste une heure à tuer et j'ai envie de me sentir libre un moment avant d'aller m'enfermer dans la prison qu'est cette chiantise de télé.

donc, pétés de rire, on arrive au parc salazar, un endroit tristounet au bout de l'avenue larco, là où on vend des ballons, là où j'adorais descendre de la voiture de ma mère quand j'étais petit et aller regarder ces ballons de toutes les couleurs en réclamant *maman, s'il te plaît, tu m'achètes un ballon ? s'il te plaît, maman*, et elle me répondait *non mon petit, je n'ai pas d'argent à dépenser en ballons*, mais j'insistais *allez, maman, s'il te plaît*, et elle me répétait qu'il n'en était pas question. j'avais tellement envie d'un ballon qu'un jour, je me suis sauvé pour aller en prendre un, saucissonné dans un filet (maintenant que j'y pense, je comprends pourquoi je suis devenu pédé). j'ai donc tiré vigoureusement sur la ficelle pour avoir mon ballon, ne serait-ce qu'un instant, et *poum*, il a fait un bruit d'enfer en éclatant comme une voiture piégée chargée de cent kilos de dynamite. paniqué, j'ai sursauté. tchao ballon et bonne nuit les petits, il venait d'exploser dans l'air marin miraflorin. le gentil indien qui vendait des ballons aux bonnes femmes de la haute comme ma très chère mère m'a lancé un regard ravi, mort de rire, pas par sympathie mais parce qu'il savait que madame ma mère allait devoir payer le ballon tiré du filet. c'est en effet ce qui s'est passé, après quoi j'ai eu droit à un sermon de première de ma génitrice, qui m'a expliqué *le bon dieu ne veut pas que ta maman t'achète des ballons alors qu'il y a des petits pauvres qui n'ont rien à manger, gabrielín.*

nathalie et moi on s'assoit sur un banc. le parc est plongé dans la pénombre et bien sûr, plusieurs couples surexcités se pelotent et se frottent en se disant des cochonneries, car à lima, faute d'avoir d'autres loisirs, les gens ont toujours du temps à consacrer au tripotage et à l'art de chauffer à bloc leur copain ou copine au parc.

nathalie me raconte plein de trucs, un vrai perroquet.

elle me dit qu'elle est en pétard contre tête de chien, qui ne lui fout jamais la paix, *elle me fait chier toute la journée : fais ton lit, fais tes devoirs, arrête de passer des heures au téléphone, range ta chambre, c'est une vraie porcherie.* elle ajoute qu'elle s'entend mal avec mariano parce que *cet empaffé, il peut faire toutes les conneries du monde, mais moi qui ai pourtant dix-sept ans, elle ne veut pas que je rentre après une heure du mat et si jamais j'ai une demi-heure de retard, elle m'en fait tout un foin.* elle me raconte que ses deux meilleurs amis, des petits jeunes qui viennent tout juste de terminer le lycée, se sont fait choper à rome avec de la coke et croupissent maintenant dans une prison italienne. *ce sont des nazes, je leur avais dit de ne pas commencer avec ce genre de trucs, que ça allait mal finir*. elle me dit que l'an dernier, elle a fini le lycée, qu'elle était aux reyes rojos, *un super lycée où certains profs fument des pétards avec leurs élèves et où tout est archi cool*. tant mieux pour toi, petite camée. elle me dit qu'elle a un copain mais que le salaud s'est fait une de ses amies et qu'elle n'est pas assez conne pour laisser son mec baiser une autre nana alors qu'il est avec elle. *je lui ai dit ou tu restes avec moi ou tu dégages vite fait, mon pote. il s'est fâché et il a disparu de la circulation, ça fait trois jours qu'il ne m'a pas appelée, alors officiellement, on a rompu mais en fait, coquito me manque à mort, inutile de te mentir, gabriel, je suis folle de lui et franchement, je ne sais pas quoi faire, je suis malheureuse comme une pierre*. elle me raconte qu'elle ne sait pas quoi foutre de sa vie *parce qu'il n'est pas question que je m'inscrive en fac, gabriel. d'abord, à mon avis, ils ne me prendront pas et en plus, je ne veux pas m'emmerder avec des conneries du style gestion des entreprises, parce que ça ne m'intéresse vraiment pas*. elle me raconte que ses copines veulent présenter leur dossier à l'académie charlie chaplin pour devenir productrices de télé et je lui dis *ça sonne bien*.

oui, tu as raison, je vais peut-être m'inscrire à chaplin. pendant qu'elle déblatère, je pense *en parlant de chaplin, tu pourrais m'embrasser comme au cinéma et la fermer pour me prouver que tu es une bonne pipeuse et une grosse salope, parce que tu as beau n'avoir que dix-sept ans, fillette, je suis sûr que tu as déjà un beau tableau de bites à ton actif.*

et après avoir beaucoup-trop causé en croisant ses petites guiboles, avec sa bouche pulpeuse, son nez fin, ses yeux en amande et ses cheveux bouclés blond foncé, nathalie sort d'un paquet de clopes *premier* fripé et à ma grande surprise un petit pétard bien tentant en me disant *ça ne te gêne pas si je fume ?* moi, heureux comme un pape parce que le shit aide toujours à créer une ambiance complice, je lui réponds *absolument pas, d'ailleurs, moi aussi je vais peut-être tirer une taffe*, ce qui la fait pouffer de rire. *tu déconnes, toi aussi tu fumes ? bien sûr, tu crois que parce que je passe à la télé, je n'ai pas le droit de m'en fumer un de temps en temps ?* elle se marre, allume le joint, me le passe, on fume, on s'étrangle, on tousse et on est pété de rire, sans raison particulière, juste histoire de se marrer un bon coup, bien que je me torture un peu en pensant *j'aimerais bien l'enculer, cette petite, lui trouer le cul une bonne fois pour toutes.*

donc, sans plus de préambules et parfaitement conscient que je dois bientôt mettre les bouts pour aller à ce studio de merde, je m'approche d'elle comme un reptile affamé de jeunes culs et je lui passe une main dans les cheveux sans avoir l'air d'y toucher. je lui dis *tu es très belle, nathalie*, et avant qu'elle ait pu me répondre quoi que ce soit, je lui fourre ma langue dans la bouche, elle se mêle à la sienne et on se roule un gros patin d'enfer.

j'aime ta façon d'embrasser, fillette. c'est de famille. vous êtes tous doués pour la bagatelle.

on se suce la pomme un bon moment mais je ne bande qu'à moitié parce que dans un recoin de mon esprit torturé, je pense à mariano, et quand j'en ai marre de rouler des pelles, je dis *désolé, nathalie, mais il faut que j'y aille*. je me casse, tout simplement, je vais héler un taxi sur l'avenue et je la plante là, mouillée jusqu'au trognon, la petite, car je crois qu'elle a bien apprécié ce baiser.

elle me crie *appelle-moi demain* juste avant que je saute dans une drôle d'épave qui fait office de taxi.

après, j'entends qu'elle me dit *envoie-moi un petit salut quand tu seras à l'antenne*.

je suis pété. je vais me changer à la vitesse de l'éclair. je suis bien stone. je pue la marihuana. j'ai les yeux gonflés. je me colle une cascade de gouttes dedans. j'enfile un costard et une cravate armani à cent dollars, je saute dans un taxi, toujours aussi pété, super décontracté. toute modestie mise à part, il faut être sacrément culotté pour avoir les couilles de passer à la télé péruvienne en étant dans cet état.

c'est pourtant ce que je fais. je zozote comme un débile mental, je bois des litres de flotte, je sue, j'ai l'impression que les projecteurs me crament le cerveau et je regrette d'avoir fumé, je sens que mon émission est chiante et merdique, mais bon, tant qu'on me paye. à la fin je salue nathalie en disant *j'envoie un baiser à mon amie nathalie, mais tu sais, on se revoit demain, au parc*. les cameramen se fendent la gueule et je dis tchao avant de dégager fissa de cet immeuble malodorant et fantomatique.

et c'est en descendant les escaliers, dans la rue, que je me rends compte qu'il y a une panne de courant phénoménale, que tout est noir, que personne à lima n'a dû voir l'émission stupide que je viens d'enregistrer.

je suis un vrai connard, me dis-je. *je passe à l'antenne stone dans une ville éteinte. il faut que je parte de lima, que je parte vite.*

V

mais je ne suis pas parti. pas cette fois. parce que je n'avais pas le cran de le faire, que j'aimais trop la coke, que je venais de rencontrer mariano et que j'avais très envie de faire à nouveau l'amour avec lui et de le sentir en moi.

mariano. comme on dit à saint domingue, je reviens vers toi. je ne sais pas pourquoi, mais parfois, je pense que tu es mort. je doute que tu aies arrêté la coke, les autres drogues et toutes les cochonneries que tu t'envoyais pour échapper à la vie misérable à laquelle je suppose que ton père t'a condamné en se barrant quand tu étais petit, en te tournant le dos toute sa vie comme une belle canaille. je doute que tu aies pu sortir de l'univers sordide des drogues comme je l'ai fait courageusement, parce que j'ai beau être pédé, quand je dois prouver que j'ai des couilles, je m'y emploie. permets-moi d'en douter, mariano. tu as probablement continué de plonger sans dégoût, et ton joli petit corps d'oiseau de nuit n'a pas supporté plus de défonce.

tu joues peut-être encore de la guitare dans le métro de madrid (c'est la dernière chose qu'on m'ait dite sur toi et ça me semblait fantastique parce que tu jouais bien et que madrid est magnifique), mais l'autre jour, j'ai rêvé que tu étais mort, détruit par la coke, et c'est peut-être pour cette raison que j'ai envie de parler de notre rencontre.

je t'ai revu rue des pizzas. quelques jours s'étaient écoulés sans que je te voie et tu me manquais à mort. tu n'appelais pas. il faut dire qu'on ne m'avait pas encore installé le téléphone dans mon appart sur le malecón, mais tu aurais quand même pu passer, un soir, sonner à ma porte pour qu'on se blottisse l'un contre l'autre. non, intraitable, tu ne donnais pas signe de vie. et moi qui avais tellement envie de te voir.

ce soir-là, en sortant du studio, j'ai foncé chez moi comme un bolide (c'était chouette, de quitter les locaux de la télé en conduisant à tout berzingue sur la voie express, d'avoir l'impression que tout lima dormait et que je pouvais faire du cent quarante car quand un flic m'arrêtait, ils ne me disait rien. au contraire, il me demandait un autographe pour sa femme). j'ai donc regagné mon appart à fond de train et comme toujours, j'ai discuté un moment avec le concierge indien, qui me regardait fidèlement tous les soirs sur sa petite télé. quand je revenais, il commentait l'émission et se bidonnait tout seul de mes conneries (merci, l'ami, d'être aussi loyal et d'avoir toujours eu le sourire aux lèvres quand je pénétrais dans le hall de l'immeuble), et je suis rentré chez moi, dans cet appart où il n'y avait qu'un matelas sans draps et une chaîne stéréo, point barre, parce que je n'ai jamais aimé remplir mon foyer de meubles inutiles. je me suis dépêché d'enlever toutes les fringues débiles que je mettais pour travailler, mes vestes du corte inglés et mes cravates armani, mes chaussures bally, qui commençaient à être usées, et j'en ai profité pour me débarrasser de la couche de maquillage qui me donnait l'air d'une grosse follasse (ce n'est pas pour dire, mais avec une bonne couche de fond de teint, de la laque dans les cheveux et les lèvres intensément rouges, j'étais bonne pour défiler dans le spectacle de mon ami pocho noel, le célèbre travesti, qui est adorable, raffiné et bon danseur. je dois préciser que nous sommes juste amis, que je n'ai jamais eu la moindre histoire avec lui en dépit de ce qu'on a pu écrire dans la presse à sensation et, disons-le franchement, plutôt à l'eau de rose. un grand bonjour de là où je suis à pocho noel, et toutes mes félicitations, pochito, d'oser être une folle dans une ville aussi hypocrite et réprimée que l'horrible lima. tant mieux pour toi, et j'espère que tu continues à avoir du succès, pocholo. toi et moi, on sait qu'on n'a jamais été amants, on était seulement des amis solidaires comme peuvent l'être deux pédales dans l'horrible lima. maintenant, sache que je préférerais passer sous un train plutôt que de baiser avec toi, pigé ? moi, j'aime les garçons bien virils qui ont du répondant, pas les grosses folles au visage poudré. tu comprends, pocholo ? surtout, ne sois pas vexé).

donc, je me change, je m'asperge d'eau de cologne et je me magne de sortir en pensant *je vais aller voir si mariano n'est pas chez lui, dans son immeuble qui sent les tripes.*

je me sens à nouveau libre. je fais du cent à l'heure dans l'avenue pardo, qui est déserte. je ne manque pas de mater les deux ou trois putes habituelles qui font le tapin au coin de la librairie época. pauvres petites putes avec leur gros cul. elles doivent écarter les jambes devant n'importe quel piéton excité qui, bien souvent, les cogne et les insulte en oubliant de les payer.

je suis au volant de la volvo de ma mère. elle n'a pas confiance en moi, mais elle me l'a prêtée parce qu'au fond, elle se fiche que je la conduise. elle n'accorde pas d'importance aux choses matérielles. elle est mignonne, ma mère, si versée dans la religion, si détachée des aspects matériels de la vie car elle a quatre employées de maison, un chauffeur et un jardinier. et quand le pape polonais est venu à lima (pape, mon ami, je ne suis pas avec toi ; pape, mon ami, je ne suis pas avec toi). donc quand le pape s'est pointé dans sa papemobile en bon bourlingueur qu'il est, ma mère était énervée et émoustillée comme une adolescente, et elle a assisté à tous les meetings du polac, chantant jusqu'à ce qu'elle n'ait plus de voix. elle est même allée dans un quartier de *brownies* pour écouter en *live* le discours du saint homme plutôt *unplugged* et a passé toute une nuit allongée sur des nattes avec d'autres vieilles bigotes pleines aux as. elles ont dormi à la belle étoile pour ne pas louper l'apparition de leur admirable pape adoré, qui a eu lieu le lendemain. elle est mignonne, ma mère, si pieuse, capable de passer la nuit dehors parce que sa foi est aussi grande, aussi massive qu'une montagne. ma pauvre maman, elle ne méritait pas d'avoir un fils gay. un de ses rejetons aurait au moins pu devenir un curé archi dévot aux fesses plates comme le père alcázar (j'en profite au passage pour adresser un salut plein de tendresse au père alcazar. cette petite curetonne est si sympa, elle me dit bonjour si gentiment et on rit comme de grosses maniérées, toutes les deux. elle me dit *tu sais, je regarde ton émission, ne crois pas*, mais elle ne me félicite plus autant qu'il y a quelques années, quand j'allais ponctuellement, contrit, me haïssant parce que j'étais pédé, à son prêche dominical qui emplissait les vieilles bigotes de ferveur. elles l'adoraient, applaudissaient ses messes et lui préparaient des petits biscuits au chocolat sans se risquer davantage car alcázar est une folle finie, mais je suis sûr qu'elle est d'une chasteté sans taches).

je passe donc près de la rue des pizzas et là, je vois mariano.

putain, quelle chance !

pas con, je m'arrête au feu devant la station shell (ou *tchell*, comme on dit à lima) et je passe devant la boutique où les surfeurs friqués s'achètent des sweats de marque pour être bien dans le vent. je gare la bagnole dès que je trouve une place, je mets l'alarme et je me reluque dans le rétro pour voir si je suis présentable, je m'arrange un peu les cheveux : j'ai besoin d'une coupe, bon sang, il faut que j'aille chez tommy's, le meilleur coiffeur de lima, pour que ce petit pédé toujours en sandales et en tunique orientale de grande folle me fasse ma frange et mes deux niveaux à l'arrière. en général, je lui dis *comme dans le magazine, s'il te plaît, et tu ne me la raccourcis pas trop devant, sans quoi j'ai le visage trop carré.* il me répond *aïe, ne t'en fais pas, gabrielito, je peux te couper les cheveux les yeux fermés, je sais parfaitement comment ils tombent, ils sont si raides, si doux,* et cet indien aux yeux bridés me passe une main dans les cheveux en agitant son gros orteil dans sa sandale puante pendant que je me dis *tout doux, mon coco. toi, même en éternuant doucement, tu es capable de me refiler le virus du sida.*

je marche dans la rue des pizzas. il n'y a pas grand monde à cette heure-là, il est tard et c'est un jour de semaine, ce qui fait qu'il n'y a que les ivrognes et les camés habituels, qui ne sont pas légion car certains sont en taule et les autres, au cimetière. certains m'adressent la parole *eh, barrios, viens t'asseoir, je te paye un coup*. je fais comme si je n'avais rien entendu et continue de marcher sans me retourner car je ne veux pas d'histoires avec ces soûlards, ces paumés qui commencent par te faire des compliments du genre *tu sais, barrios, elle est sympa, ton émission, ma femme la regarde tous les soirs*, mais ensuite, quand ils se sentent plus en confiance, ils te sortent *arrête tes conneries, c'était mieux avant, mon pote. avant, tu ne mâchais pas tes mots pour parler politique et c'était super. maintenant, tu es plus show biz mais ce n'est pas ton monde, on t'a débarqué là-dedans, et pardonne-moi de te le dire, mais moi qui suis un vrai bab, j'ai le mérite d'être franc, mon vieux.* quand ils se sont pris une cuite phénoménale et qu'ils ont la tête dans le cul, ils crachent ce qu'ils ont sur le cœur, le connard amer et raté qui est tapi en eux pointe le bout de son nez et ils finissent par me lancer *putain de merde, barrios, c'est vrai ou c'est pas vrai que vous avez eu une aventure ensemble, pocho noel et toi ?* et comme je ne veux pas avoir à supporter le baratin d'un mec bourré et jaloux, je trace ma route et dans l'ombre, j'entends qu'on murmure *t'es vachement fier, connard, dégage avec ton émission de merde, sale pédé, putain, je suis bien content que ça ait foiré pour toi à miami.* je continue de marcher, apparemment décontracté, mais au fond, j'enrage parce que parfois, je me dis que je vis dans un village de paumés et que je ne fais pas partie du lot.

je m'approche de la table de mariano, une petite table branlante qui sent le vieux vomi parce que pas mal d'ivrognes ont dû claquer des renards dans cette rue infâme qui est le lieu de rencontre de tous les résidus de miraflores (et j'en profite au passage pour saluer cette population de la rue des pizzas, qui doit être en train de se siffler son cruchon de sangria et de se faire des rails aux toilettes), je m'approche donc de la table de mariano qui, heureusement, ne m'a pas vu, et j'entends ce petit con chanter. c'est à mourir de rire. il doit être défoncé pour oser chanter rue des pizzas. je m'approche en rasant les murs et je constate que deux garçons sont assis à sa table. oh, merde, vous marchez sur mes platebandes, les mecs, il va falloir s'ouvrir à la concurrence du marché. moi, ça ne me pose pas de problème, si vous voulez vous battre, on se battra. pour le beau petit cul de mariano, je suis prêt à me lancer dans n'importe quelle compète (un autre jour je vous dirais comment comme un con, j'ai commencé à fumer des pètes).

je regarde les deux potes qui sont avec mon petit mariano. l'un est un péquenaud fini, un indien qui a une tronche de banane écrasée et doit être la réincarnation de l'inca pachacutec. il vient sûrement de puno, à côté du titicaca, cet indien crado. qu'est-ce que tu fous là, assis à côté de mon petit chéri de mariano ? dis, indigène, natif, tu es un bel exemple du folklore national (à ce propos, désolé pour l'interruption, mais qu'est-ce qu'ils sont moches, les péruviens, putain qu'il est laid, le peuple péruvien de mon cœur). ma première impression est donc la perplexité, l'étonnement et l'envie de vomir, parce que je ne sors jamais avec des gens laids, mon vieux. les plus moches de la tribu n'entrent chez moi que dans les pages du *national geografic*, tu piges ? je mate ensuite l'autre garçon qui chante avec mariano, parce que j'ai oublié de vous dire que l'indigène chante lui aussi. tous trois chantent en anglais et se prennent pour les beatles dans un pub de liverpool. plutôt méfiant, je me tourne vers l'autre pote et je ne le trouve pas mal du tout, enfin, pas aussi beau, dragueur et raffiné que mon mariano, non, il ne lui arrive pas à la cheville, mais il a une bonne tête, ce blondinet, sans compter qu'il chante assez bien en anglais, son accent est correct, comme celui de mariano, qui m'a surpris parce que j'ignorais qu'il parlait aussi bien cette langue. tant mieux pour toi, mariano, car à notre époque, comme le dit mon père quand il a un coup dans le nez, celui qui ne parle pas l'anglais est un analphabète.

bon, l'un est un indien comme on en fait plus et l'autre, un blondinet plutôt petit. et, me tournant le dos (c'est ce que je veux, mariano, que tu me tournes à nouveau le dos) et ignorant que je suis là, mariano continue de pousser sa chansonnette comme un bienheureux. bien sûr, rue des pizzas, personne ne fait attention à lui car tout ce qui intéresse les glandeurs et les mollassons qui traînent dans le coin, c'est la picole et la coke bon marché, mais moi, oui, je veux les écouter parce qu'ils ne chantent pas mal du tout, ces trois lunatiques qui s'égosillent en anglais en pleine rue des pizzas un mardi, à une heure du mat, chose qui n'arrive qu'à lima, où les individus les plus lucides de la jeunesse je m'en foutiste savent qu'il n'y a pas d'avenir possible et que ça ne vaut pas le coup de bosser comme un âne car ça ne mène nulle part, tu finis quand même par devenir un looser. plus tu te crèves le cul et plus tu t'enfonces, comme me l'a dit un jour un ami millionnaire qui possède cinq voitures et danse le flamenco en solitaire dans son appart de cinq cent mille dollars avec vue imprenable sur la mer.

je prends une chaise et, timide, je m'assois près de la table de mariano, de l'indien et du blondinet, et là, mariano me voit, me sourit et pose sa guitare pendant que les deux autres couillons continuent de chanter, complètement stones. les cheveux en bataille, mariano s'approche de moi. il porte un sweat qui a dû un jour être blanc mais qui, à présent, tire plutôt sur le gris-écologique-comprenez-crado et il me dit *salut starlette, qu'est-ce que tu fais ici ?* et il me tend la main, une belle main, une main d'artiste, une main d'ancien branleur reconverti en apprenti chanteur. je lui réponds *rien, je passais, c'est tout, et je t'ai aperçu. viens t'asseoir avec nous, on répète parce ce qu'on a un concert, samedi.* je pense *faut pas pousser, beauté. samedi, tu vas chanter devant vingt paumés et je serai dans le lot, fin prêt, mais ça ne s'appelle pas un concert, okay ?* je suis ravi parce que mariano s'est levé et m'a dit bonjour hyper chaleureusement, j'approche ma chaise et je m'installe à leur table. *voici billy*, me dit mariano en me présentant le blondinet qui me salue des yeux, tout sympa, puis il me dit *lui, c'est harry* en me désignant l'indien qui, lui aussi très sympa, me lance un petit coup d'œil. dégage, tête de héron, salue-moi mieux que ça ou j'appelle les flics et je te fais mettre en taule pour cause de laideur et parce que tu me manques de respect, bordel. moi aussi, je leur dis bonjour avec les yeux, sympa, et je ne sais pas pourquoi, mais à l'instant précis où mariano prend sa guitare et se met à chanter, minaudeur et inspiré, je me dis que mariano et billy sont vraiment craquants, je pige qu'ils forment un couple ou qu'en tout cas ils s'aiment bien. mais je ne sais pas parce que tout bien réfléchi, billy ne fait pas vraiment folle. pourtant, quand son œil a coulissé vers mariano, il avait l'air d'un type qui est devant une bonne glace. je me fends d'un sourire complice et je deviens aussi sec à moitié parano et jaloux, j'ai envie de leur faire le genre de scène d'amant délaissé qu'on voit dans les terribles telenovelas vénézuéliennes parce qu'à vrai dire, il n'est pas question que quelqu'un drague mon petit mariano. s'il vous plaît, le respect mérite le respect et je suis hyper respectueux de la bite d'autrui, mais si tu reluques un peu trop mariano, tu marches sur mes platebandes, billy boy (continue de chanter, tu ne te débrouilles pas mal du tout et avec un peu de chance, tu pourras arriver en demi-finale du grand prix de la chanson ibéro-américaine, espèce de rabat-joie).

ils continuent de chanter tous les trois et le garçon apporte d'autres bières qu'ils descendent vite fait bien fait. ils chantent en anglais, les petits cons, et le loufiat de service revient à notre table en tirant une énorme tronche de cake et leur dit *s'il vous plaît, le patron voudrait que vous arrêtiez de chanter parce que vous dérangez les autres clients.* effectivement, à une autre table, deux connards qui n'ont pas l'air commode nous matent en se disant probablement *fermez-la, bande de pédés, laissez-nous picoler tranquilles.* alors, mariano, qui est plutôt culotté, lance au loufiat *tu parles sérieusement ou tu te fous de nous, mon gars ?* le loufiat fait la gueule parce que le pauvre est un indien, comme harry, et il en a marre qu'on le traite mal et qu'on le rabaisse constamment. il dit à mariano *je parle sérieusement, inutile de m'insulter, je ne fais que transmettre les ordres du patron, d'accord ? écoute, mon vieux, on est dans la rue et aucune loi n'interdit de chanter dans la rue, alors dis à ton boss qu'il n'a pas de mouron à se faire et qu'il nous laisse boire notre bière. de quoi il se plaint? on en a déjà bu trois litres,* lui dit mariano. *quatre,* corrige harry, *ouais, c'est bien ça, quatre.* contrarié, le serveur dit à mariano *moi, je me contente de vous communiquer ce que m'a dit le patron,* et il se barre en se faisant de la bile, le pauvre, car au fond, il aimerait bien se rebeller et casser la gueule à mariano pour le simple fait qu'il a le teint pâle, que c'est un fumeur de shit, un glandeur de merde, et que *je n'ai pas envie de me casser le cul à bosser pour que des voyous dans ton genre viennent m'insulter, non, sale connard, ça, je ne suis pas prêt à l'accepter.*

et les trois givrés continuent de s'égosiller en anglais, pas démontés le moins du monde. moi, je reste assis, toujours timide, je les écoute d'un air niais et je zyeute par en-dessous la poitrine de mouette de mon petit mariano. les deux anciens détenus de l'autre table sont en pétard contre nous et j'ai comme l'impression que ça sent le roussi, car rue des pizzas, les choses finissent toujours par tourner au vinaigre. c'est l'un de ces sombres endroits où si la police ne passe pas, dans le meilleur des cas, tu es sûr de te faire gerber dessus. cinq minutes ne se sont pas écoulées qu'un petit gros se pointe. il porte des lunettes et a un énorme bide, la chemise à moitié ouverte parce qu'elle est trop serrée et le pantalon, idem. ça doit être le boss, il a une gueule d'inutile et de bagarreur. il s'approche de notre table avec une dégaine qui signifie *retenez-moi ou je vais faire un malheur*. les mains dans les poches comme un tenancier macho de bar mexicain, il nous sort *bon, c'est fini, maintenant. ou vous arrêtez ce boucan, ou vous dégagez d'ici, compris ?* je pense *aïe, merde, ça va chauffer, pourquoi est-ce que je me suis arrêté, putain ? j'aurais mieux fait de continuer et d'aller sonner chez la petite nathalie*. alors mariano se lève et il lui dit *qu'est-ce qui vous arrive, monsieur, c'est quoi, votre problème ? qu'est-ce qu'on vous a fait pour que vous nous parliez sur ce ton* ? je suis impressionné parce qu'avec moi, mariano s'est comporté comme un brave garçon qui a bien voulu que je le baise, mais je vois qu'il est prêt à remettre virilement ce grossier personnage à sa place. moi, je n'oserais jamais faire ça. *il vaut mieux que vous partiez d'ici et vite*, lui dit le gros tas, *je ne veux pas d'histoires, alors du balai.* mais billy et harry se lèvent et billy proteste *pourquoi tu veux nous virer comme ça, hein ? on n'a même pas fini notre bière. je vous vire parce que c'est mon bar et que ça me fait chier qu'on vienne y foutre la merde. n'exagère pas, mec, et reste poli*, lui dit billy. *en plus on ne foutait pas la merde, on chantait*, corrige harry. *si vous voulez chanter, allez donc au parc, putain, pourquoi vous venez nous emmerder ici ?* lâche l'un des deux indiens hyper agressifs de l'autre table. *qu'est-ce qu'il y a ?* demande mariano, *qu'est-ce qui te turlupine ?* les deux indiens se lèvent. ce sont deux armoires à glace à la mine peu engageante qui ont la gueule pleine de boutons et les yeux exorbités comme les pires cocaïnomanes de la rue des pizzas. moi, je reste assis et je me tasse même légèrement sur ma chaise pour que personne ne me reconnaisse, parce que j'aimerais éviter qu'on parle de moi demain, à la une des journaux : *star de la télé mêlée à une bagarre à miraflores. il s'agirait d'une histoire passionnelle. bon, allez, partez d'ici,* dit le patron. *d'abord, on va terminer la bière qu'on a déjà payée*, râle billy, mais le gros s'empare de sa chope et, plein de défi, il la vide sur le trottoir. je me dis *c'est parti, mon kiki*. billy se fout en rogne *eh, connard, pourquoi tu jettes ma bière ?* le gros lui fonce dessus et lui balance un poing dans la figure en criant *dégagez, bande de camés !* alors mariano lui colle un gros coup de pied au cul et les deux anciens détenus de l'autre table rappliquent. ça y est, c'est la baston. je me lève et je me barre en courant, et quand j'arrive au coin de la rue, je me retourne et je vois les six connards en train de se tabasser comme des bêtes. je me sens une grosse pédale parce que je ne me bats pas, mais putain, je ne suis pas prêt à me laisser casser la gueule par ces ivrognes infects, et puis, faisant partie du monde du spectacle, il faut que je fasse attention à mon visage pour être beau et séduisant quand je passe à l'antenne sur la chaîne de télé nationale.

je file comme une flèche jusqu'à la volvo, qui est miraculeusement encore là et qu'on ne m'a pas piquée, je monte et démarre en trombe en me disant *la vache, heureusement que je m'en suis tiré sans bleus, quand je pense qu'ils sont en train de massacrer mon petit mariano, il vont me l'abîmer, mon petit coup officiel, aïe, mon dieu, la vie est injuste. maintenant que j'avais enfin un brave petit cavalier, ces cons lui collent une rouste.*

sorry, mariano, mon chéri, mais je ne peux pas te défendre car je ne me castagne jamais. la dernière fois que j'ai dû me battre à poings nus, c'était contre un môme et j'étais au cm1. cet abruti de jimmy castaños s'était vexé parce que je l'avais insulté et il m'a flanqué une dérouillée. après ça, je me suis dit *plus jamais, mon vieux, plus jamais.*

j'arrive comme un dératé à l'appart et je me mets en pyjama, un sweat nike qui est génial, si doux que lorsque je l'enfile, j'ai l'impression d'être une demoiselle de lima. je me glisse dans mon lit (enfin, c'est une façon de parler car je n'ai toujours pas de draps, mais je m'allonge sur le matelas que les blacks bien montés ont porté jusqu'au douzième. ah, comme ils me manquent, mes petits blacks porteurs de matelas, à cette heure tardive) et je me dis que mariano doit encore être en train de massacrer un des camés chercheurs d'embrouilles qui, quand ils ne se battent pas dans la rue, rentrent chez eux la rage au ventre, car ces débiles mentaux, c'est plus fort qu'eux, doivent se castagner pour évacuer sur les piétons tous leurs malheurs et toutes leurs frustrations.

couché dans mon lit, j'écoute le disque de bach que j'adore car il me donne l'impression qu'après une immersion dans ce lima brutal, j'ai encore une sensibilité musicale (pour ne pas dire anale). couché dans mon lit, donc, j'essaie de me détendre et je songe à m'acheter une télé pour pouvoir regarder n'importe quelle connerie à deux heures du mat quand je n'arrive pas à dormir. pour trouver le sommeil et passer une nuit paisible, j'ai besoin d'un corps d'homme à mes côtés, car je suis comme julio, julio iglesias, qui a dit un jour que s'il n'avait pas une super nana dans son lit, il avait des insomnies. pour moi, c'est pareil sauf que je remplace la nana par un beau mec souriant à qui faire des câlins, sans quoi j'ai du mal à fermer l'œil, je cogite, je pense à n'importe quelle imbécillité, au pape polac, à mes parents qui m'ont causé tellement d'ennuis dans ma tendre enfance.

j'en suis là quand j'entends la sonnerie de l'interphone.

je me dis, *c'est bizarre, qui peut bien venir sonner chez moi à deux heures et quelques du matin ?*

je sors du lit, enfin, du matelas, et je lève les stores (également achetés chez hogar parce que tout ce dont j'ai besoin pour mon intérieur, je l'achète là-bas) et je regarde par la fenêtre. je vois mariano lever la tête, tout nerveux, désespéré, et je me dis *mariano, mon chéri, mon roméo, je me sens comme juliette au balcon du douzième, et toi qui me regardes là en bas, sur ce malecón pourri infesté de rats, aïe, quelle émotion ! ce n'est pas tous les jours qu'on a l'impression d'être une juliette* (*by the way*, il fallait être sacrément gnangnan pour mettre romeo et juliette à l'affiche de deux cinoches de miraflores). je fonce dans la cuisine parce que mariano, mariano, mariano, si tu entendais comme mon cœur s'emballe pour toi, et j'appuie sur le bouton de l'interphone en disant *mariano ? gabrielito* ? *monte, monte. merci. aïe, quelle émotion* ! me dis-je, *que c'est chouette de se sentir aimé par ceux qu'on aime le plus*. mariano prend l'ascenseur et je pense *encore heureux qu'il ne se soit pas pointé avec harry le héron, sans ça je ne leur ouvrais pas. les moches n'entrent pas chez moi, sauf quand c'est pour faire le ménage*.

la porte de l'ascenseur s'ouvre. mariano est dans un sale état, il saigne du nez, a un bras tout égratigné et un œil au beurre noir impressionnant. *mariano, qu'est-ce qui s'est passé ? rien, gabrielito, rien*. on entre, je ferme la porte derrière nous et le prends dans mes bras en bonne superjuliette que je suis. *aïe, fais attention, gabrielito, ça fait mal. désolé, désolé*, dis-je en me sentant hyper maladroit. *putain, la baston qu'on a eue*, souffle mariano. *où tu étais passé ? désolé, mariano, mais je ne sais pas frapper*. il rigole en secouant la tête. *gabrielito, tu es un gros pédé. tu as très mal ? pas trop, non, mais ces connards cognent dur. et tes amis ? ils ont pris un taxi, ils étaient bien amochés, mais le gros aussi. je l'ai massacré. tu ne veux pas une bonne douche bien chaude ? non, non, ça va*. mais il marche nerveusement dans le salon, se mord les lèvres d'un air inquiet. *qu'est-ce que tu as, mariano ? ces salauds ont bousillé ma guitare*. moi, ça me fend le cœur de voir mon petit chéri si triste parce qu'il n'a plus de guitare. je m'approche et lui passe une main dans les cheveux. *attention, ça fait mal. ne t'en fais pas, demain, je t'achète une nouvelle guitare, celle que tu voudras.* alors il me regarde et me dit *ouille, quand je me marre, c'est pire. c'est bien que tu sois venu, mariano, j'avais vraiment envie d'être avec toi.* il m'embrasse doucement parce que ça lui fait mal et je sens son petit corps mince collé au mien, c'est génial, et je cherche sa délicieuse petite bouche aussi gonflée que la mienne parce que nous, les amateurs de coke, on a toujours les lèvres gonflées. *je te donnerai tout ce que tu veux, mariano, tout. merci, gabrielito, tu es un chic type.* je cherche sa bouche, il se laisse faire, je l'embrasse délicatement, du bout des lèvres et en faisant très attention, et ce baiser me laisse un goût de sang. je lui murmure à l'oreille *ça y est, maintenant on est frères de sang.*

après on se met sous la douche bien chaude et je le savonne avec mille précautions parce que *aïe, putain ce que ça fait mal*, puis je l'essuie avec soin en lui disant *tu es si beau, mariano. demain, je t'achète ta guitare.*

VI

ça a été une nuit du tonnerre. mariano s'est mis derrière moi et il m'a enculé. pendant qu'on faisait l'amour, je l'imaginais en train de se battre dans la rue des pizzas comme un vrai mec. j'étais très fier d'être au pieu avec un dur à cuire de miraflores qui n'hésite pas à se faire massacrer la tronche pour sauver l'honneur de sa mère. *ma vieille, personne ne l'insulte, fils de pute.*

c'était chouette, émouvant, excitant et douloureux en même temps.

mariano saignait encore un peu du nez et se plaignait d'avoir mal, mais c'était quand même agréable d'être tous les deux sur mon matelas zéro kilomètre, de nous caresser et de nous dire *tu me plais, tu m'excites, encule-moi, encule-moi* tandis que dehors, lima continuait de dormir tant bien que mal et qu'une autre voiture piégée était certainement sur le point d'exploser à un coin de rue.

mariano. rien qu'en prononçant ton nom, je me sens déjà mieux. mariano : un nom qui a le goût de la glace du curich, de la marihuana, des sandwiches triples du silvestre, du ceviche de la herradura, de la bonne coke, du sang sur tes lèvres.

tu me manques, mariano.

je n'aurais pas dû te laisser partir. j'aurais dû te suivre. j'aurais dû aller avec toi à madrid. nous aurions dû nous perdre tous les deux, toucher le fond (tu aurais chanté dans le métro et j'aurais couché mes rancœurs sur le papier), nous aimer avec de la coke jusqu'à ce que la mort nous dise *assez*.

mais tu es parti. et moi, je suis resté seul, à me faire du fric à la télé en m'éloignant de l'univers dégueulasse des lignes et en jouant à ne pas être gay en couchant avec des filles que je baisais sans entrain, des filles que je me faisais en pensant à toi.

tu ne trouves pas incroyable, mariano, ma beauté, que l'existence nous ait séparés au point que je ne sache même pas si tu es encore en vie ? ainsi va la vie, mon cœur. on rêve d'être heureux mais on ne fait que se cogner la tête contre les murs. moi, je rêve encore. et je t'aime toujours et je te remercie pour les quelques fois où tu m'as aimé et où tu m'as donné l'impression que je t'appartenais, mariano, mon amour.

évidemment, je lui ai donné de l'argent pour qu'il s'achète une nouvelle guitare, parce qu'à l'époque, je roulais sur l'or. la télé me versait un salaire généreux, j'étais riche. je ne me rappelle plus trop de combien je me suis fendu. deux cents dollars, je crois, mais c'était peut-être trois cents, peu importe. toujours est-il qu'on est allés ensemble à ma banque, rue miguel dasso. je suis entré et il est resté dehors car si le type derrière le guichet m'avait vu avec ce petit pédé maigrichon et cocaïnomane, j'aurais été grillé auprès de mes potes de la banque wiese. j'ai retiré les dollars de mon compte bien fourni qui n'arrêtait pas de grossir parce qu'on se fait du fric à la téloche, mon cœur (tu te fais du fric mais tu deviens célèbre et tu ne profites plus autant de la vie). j'ai filé les ronds à mariano, qui m'a remercié, tout ému, et m'a dit qu'il allait s'acheter une super guitare de je ne sais plus quelle marque, une guitare d'importation, la plus géniale qui soit, et qu'avec cette gratte, il allait donner un concert de folie le samedi d'après. moi, j'étais fier comme c'est pas permis, je bombais le torse, je me donnais des airs de mécène créole, d'aspirant millionnaire qui encourage les jeunes talents locaux. bien con, je lui ai filé deux ou trois biftons et je l'ai invité à prendre le petit-déjeuner au davory, où on a commandé des œufs brouillés et un jus de papaye qui m'ont donné le hoquet (je ne sais pas pourquoi, mais j'ai toujours le hoquet quand je mange des œufs brouillés) et ont envoyé mariano direct aux toilettes (parce qu'il faut croire que les bières nocturnes et les œufs matinaux ne font pas bon ménage et forment un mélange franchement assassin).

je dis con parce que, bien évidemment, ce petit merdeux de mariano ne s'est acheté aucune guitare avec cet argent. il m'a donc gentiment tapé après que je me le suis tapé (et j'étais ravi). cela dit, je me souviens maintenant qu'un jour, il y a pas mal de temps, quand je jouais au foot dans la sélection de mon lycée, lors d'un match amical contre une école publique, c'est à dire une école de petits bruns qui faisaient chier, je crois que c'était melitón carbajal, un truc dans le genre, il y a eu un coup franc. moi qui regardais beaucoup le foot à la télé et connaissais par cœur la formation de toutes les équipes argentines au fil des ans, j'ai fait ce que font les joueurs argentins les plus malins, à savoir courir jusqu'au mur de petits bruns parce que le coup franc était pour nous. je m'apprêtais à coller un coup de pied au joueur, décédé depuis dans le crash de l'avion qui transportait alianza lima. j'ai donc couru au milieu des petits bruns pour les embêter un peu et réduire la visibilité du gardien de but de l'équipe adverse –pas mal de buts ont été mis grâce à cette tactique que je voulais tenter parce que j'étais un petit malin– quand l'un des joueurs de l'école publique, profitant de ce que j'exhibais mon petit cul, m'a tripoté très délicatement, puis m'a pincé agréablement une fesse en me disant, *quelle belle paire de miches !* ce jour-là, j'ai perdu tous mes moyens et j'ai dit adieu à tous les trucs de foot argentins que j'avais vus à la télé. je n'avais qu'une envie, c'était de rester planté là pour que ce cochon d'indien continue de me peloter pendant le reste du match : pince-moi le cul, chéri, séduis-moi, mets-la moi, ta queue non circoncise. mais je me suis bien gardé de lui sortir ça. j'étais un vrai petit mec et devant mes copains, pas question de jouer les tantouzes, alors j'ai poussé le petit brun en lui disant *qu'est-ce qui t'arrive, connard ?* et très virilement, je me suis éloigné du mur formé par les joueurs de l'autre équipe en ayant sacrément envie d'aller casser la gueule à cet indien obsédé par la paluche.

mariano ne s'est pas acheté de guitare. maintenant que j'y pense, ça ne me surprend pas. c'était un camé comme on en voit peu. l'argent lui brûlait les doigts, comme à moi.

la première chose qu'il faisait quand il avait de la tune, c'était de foncer s'acheter de la coke pour s'envoyer au ciel. quand il m'a dit qu'il allait s'acheter sa guitare, je lui ai répondu *très bien, je vais en profiter pour passer voir mes parents. on se retrouve plus tard, à l'appart.* mais quand il est revenu, il n'avait pas de guitare, de flûte ni même d'harmonica, juste un gros sachet de coke, le salaud. je n'avais jamais vu autant de coke de ma vie. bien sûr, devant cette montagne de bonne-coco-pur-cristal, j'étais tout chose et ma langue se tortillait déjà comme une vipère en rut.

avant, j'étais allé glander une heure ou deux chez mes géniteurs. je comptais en profiter pour déjeuner correctement.

l'employée de maison m'a ouvert la porte et je me suis assis dans le salon comme si j'étais le prince de la maison. elle m'a apporté une limonade. *merci, teresa. de rien, monsieur gabriel.* elle s'est magnée d'aller dans la cuisine parce qu'elle savait que quand j'étais de mauvais poil, je n'aimais pas discuter. je me contentais de maugréer le strict minimum, du genre *bien, teresa, merci, teresa*, point barre. parce que je ne suis pas comme ma mère, qui passe des heures à bavasser avec les employées dans la cuisine.

j'étais donc confortablement assis, en train de boire

ma limonade et de lire la troisième partie du *comercio*, peinard dans le salon de mes vieux truffé de photos de famille, d'images de saints et de la vierge. c'est dans ce même salon que ma mère installe la crèche cinq mois avant noël, avec l'arrivée des rois mages et toutes ces conneries. je suis donc bien tranquillement calé sur mon siège quand ma mère arrive, s'assoit à côté de moi et dépose un baiser plutôt sec et revêche sur ma joue. je me dis *aïe, elle a l'air bien remontée, aujourd'hui.*

car la tronche que tu tires ne ment pas, maman. tu es en rogne après moi, c'est clair comme de l'eau de roche. okay, c'est quoi, le problème ? allez, maman, accouche et vive le pape polac.

elle ne fait rien que me regarder et son visage est insondable. elle ne dit pas un mot. moi, je la regarde aussi et je souris en pensant *s'il te plaît, maman, arrête de me fixer comme ça, j'ai l'impression de participer à l'un de ces concours, à la télé, où il faut garder son sérieux et où le premier qui rigole a perdu.* mais elle continue à tirer une gueule d'enterrement, et au bout d'un moment qui me semble interminable, elle finit par ouvrir la bouche. *gabriel, il faut que je te parle.*

gabriel, il faut que je te parle, me dit ma mère, alors

je laisse tomber le supplément du *comercio* et je lui dis, très cool parce que même si elle me sort une connerie, je veux garder mon calme *je t'écoute, maman, je suis tout ouïe*, une phrase que je trouve marrante. manifestement, ça la fait profondément chier de me voir me tourner les pouces à une heure de l'aprèm, en train de lire mon *comercio* sans en avoir rien à battre du reste du monde. *je t'écoute, maman, je suis tout ouïe*. alors, les sourcils froncés, les doigts entrelacés, elle tente de se maîtriser mais elle n'y arrive pas et lâche d'un ton tranchant *hier, j'ai vu ton émission et franchement, ça m'a fait honte, gabriel.*

bizarre qu'elle l'ait regardée. ça ne lui arrive jamais. elle dit que ça la fait souffrir de voir son garçon dire tant de choses immorales et autres bêtises à l'antenne. manolo, mon petit frère adoré, n'a pas le droit de la voir. quand il le fait en douce, il est mort de rire, mais quand il demande à ma mère de le laisser voir son frère, elle lui oppose un non catégorique et intransigeant, bien accrochée qu'elle est à la religion, à son rosaire et à son attirail de bondieuseries et d'images saintes. elle lui dit *non, mon chéri, ton frère a pris une mauvaise voie. il s'est laissé séduire par le matérialisme et les désirs bestiaux. il ne sait plus ce qu'il raconte car il ne réfléchit pas, il ne se sert pas de la tête que dieu lui a donnée avec des tas d'autres qualités. il devra répondre de ses actes devant notre seigneur car il a mal utilisé ses dons, comme dans la parabole, tu te souviens, mon biquet ? maintenant, va te coucher et oublie gabriel. tu ne seras pas comme lui. quand tu seras grand, tu iras à l'université, tu seras un homme droit, mon canard, allez, fais un bisou à maman, smack, smack, smack et au lit, mon bébé. n'oublie pas de faire ta prière, d'accord, manolín ?*

je souris. rigolard, je lui demande *pourquoi mon émission t'a-t-elle tellement choqué, hier soir ?* super élégante dans sa robe bleu ciel, ses escarpins blancs et son gros collier de perles, elle explose. *à cause des ignominies que tu as proférées, gabriel, j'avais honte de toi. ce que tu as fait hier, aucun fils ne devrait avoir le droit de le faire à sa mère. je n'avais encore jamais eu honte d'un de mes fils, mais tu as dépassé les bornes.* elle est furieuse à présent et me regarde d'un air mauvais, comme pour dire *hors d'ici, pécheur, je ne veux plus te voir dans ce foyer chrétien.* toujours dans un demi-sourire, comme distrait par autre chose, comme qui dirait *oh, maman, tu vas encore me faire subir trois heures de sermon ?* je lui demande *de quoi tu parles, maman ?* dans sa robe longue et archi collet monté qui lui arrive presque jusqu'aux chevilles, parce que *montrer ses cuisses, c'est tenter les hommes par le péché de la chair, ma fille,* elle me lance *tu sais très bien de quoi je veux parler, mon garçon,* et reste là à me regarder comme une fanatique-religieuse-détentrice-de-la-vérité-suprême. moi, j'ai vraiment envie de lui dire *putain, maman, laisse-moi lire le journal en paix, et si tu t'ennuies, va donc égrener un rosaire dans le jardin, mais ne me complique pas la vie*, au lieu de quoi je la ferme, tout comme elle, et me voilà à nouveau lancé dans une sorte de compétition où on attend de voir qui parlera le premier. celui qui ouvre la bouche a perdu, alors très tranquillement, je me mords la langue, je la regarde un instant, puis je prends mon journal et je feuillette le supplément sportif. elle se vexe et perd car elle me dit *il faut être une brute et un ignorant pour parler de l'église comme tu l'as fait hier soir, gabriel.* oh merde, touché, prends ça dans la gueule comme un coup de pied dans les couilles. elle m'a traité de brute et d'ignorant. j'essaie de rester calme, de sourire de toutes mes dents, mais ce n'est pas si facile parce qu'au fond de moi, j'enrage d'avoir une mère si intolérante, si dure, incapable de rigoler un peu (car le fanatisme et l'humour sont deux choses absolument incompatibles), et comme je bouillonne, je lui dis *maman, si c'est pour que tu m'insultes, autant que je parte tout de suite.* furax, une lueur fanatique dans le regard et vive le pape polac, que monseigneur escrivá soit sanctifié, avec sa tête de nonne folle qui applaudit debout et à tout rompre les sermons du père alcázar, l'air de me dire *je te hais car tu es athée, mon garçon*, elle me sort *je ne t'insulte pas, gabriel, je te dis juste tes quatre vérités. tu viens de me traiter de brute et d'ignorant, maman, et je ne pense pas que tu sois la personne la plus indiquée pour me donner des leçons de culture*. tiens, encaisse celle-ci et essaie de contrer. bien sûr, ça lui fait quelque chose. elle me regarde, indignée. *figure-toi qu'il faut être bien ignorant, gabriel, pour dire ce que tu as dis hier soir dans ton émission. quoi, qu'est-ce que j'ai dit, maman ? je ne vois pas de quoi tu parles. je parle de l'insanité que tu es allé proférer sur les prêtres. quoi ? j'ai dit quelque chose contre les prêtres, moi ? comment oses-tu insinuer à la télévision que les prêtres ont des rapports sexuels entre eux ? comment oses-tu dire de telles atrocités ? comment oses-tu ? mon dieu, c'est une honte !* alors je me marre, moqueur *oh maman, il n'y a pas de quoi en faire tout un foin, c'était juste une blague. non, gabriel, ça n'a rien d'une blague, c'est une insulte à l'église. maman, il ne faut pas exagérer non plus, et puis tout le monde sait bien qu'il y a tout un tas de curés obsédés qui... tais-toi, tais-toi* ! elle sort de ses gonds et hurle *je ne veux plus jamais t'entendre parler de l'église devant moi ou répéter ce que tu as dit hier soir à l'antenne, comment peux-tu être aussi insolent, comment peut-on être assez ignorant pour tenir des propos aussi dégoûtants ? tu devrais avoir honte. maman, si tu as l'intention de continuer à me crier dessus et m'insulter, je préfère m'en aller. oui, ça vaut mieux. de toute manière je ne te veux pas à déjeuner, je ne pourrai pas avaler une bouchée si tu es en face de moi. okay, parfait, je pars puisque tu me chasses, et au passage, un petit conseil : évite de regarder mon émission parce que tu n'as aucun sens de l'humour. détrompe-toi, j'ai de l'humour, mais tes plaisanteries insolentes et méchantes ne me font pas rire. tchao, maman.* comme quand j'étais petit, elle me dit *fais-moi au moins une bise avant de partir. non merci, je n'ai pas envie*, et je sors sans refermer la porte derrière moi. je saute dans un taxi en pensant *je ne mettrai plus jamais les pieds dans cette maison de dingues. chaque fois, je ressors bousillé, laminé, réduit en bouillie.*

je crève la dalle. je demande au taxi de m'arrêter au kentucky fried chicken et je m'achète vite fait bien fait un sandwich au poulet dégoulinant de mayonnaise parce que je suis très auto destructeur. si ça ne tenait qu'à moi, dans ces moments-là, je me descendrais volontiers un pot de mayo modèle familial avant de me suicider une bonne fois pour toutes. arrivé à l'appart, je me déshabille et m'allonge sur le matelas dans l'idée de me faire une délicieuse petite sieste. que c'est bon de piquer un somme après avoir baisé toute la nuit, le paquet au repos, sachant qu'on a accompli son devoir et qu'on mérite un roupillon.

et devinez qui me réveille à la tombée de la nuit ? mariano, évidemment. il n'a pas de guitare avec lui (il ne se l'est jamais achetée, mais il a quand même donné son concert, ce fameux samedi, avec celle qu'un pote lui a prêtée). il me tire du lit en trois coups de sonnette qui me font bondir, courir en slip jusqu'à la fenêtre et regarder discrètement qui c'est. pas question d'ouvrir à un emmerdeur quelconque : rémouleur, facteur ou une de ces admiratrices excitées qui, parfois, m'apportent des cadeaux que je mets à la poubelle ou que je refile au concierge, et c'est là que je vois mariano dans sa petite veste en cuir, avec ses cheveux mi-longs. il a l'air speedé, nerveux. il regarde en l'air pour voir apparaître ma fine silhouette en slip, oh mon roméo, mon roméo adoré. je cours dans la cuisine. *monte, monte, mariano*, et je fonce dans ma chambre, j'enfile le jean super moulant qui met mon petit cul en valeur (au pérou, on doit faire des efforts pour rameuter les gonzes. après tout, il faut me comprendre, j'ai juste besoin d'un bon petit coup) et je vais ouvrir la porte, bien aguicheur, serré dans mon froc, sans t-shirt, les tétons à l'air (aïe, tu ne peux pas savoir comme ça m'a plu, quand tu m'as léché les tétons, qui étaient tout durs parce que je n'en pouvais plus). mariano sort de l'ascenseur, il a un look de voyou complètement allumé et il entre avec sa coke. je l'embrasse et je sens le goût de la dope. il fait toutes sortes de grimaces à la con, s'approche de la fenêtre et me dit *j'ai acheté de la très bonne came, je suis complètement stone. montre.* il sort son portefeuille, enlève sa veste en cuir râpée de mec à moto et extirpe le sachet qu'il a glissé dans son pantalon. il y a au moins un *tamal* de came qu'il me fait voir en rigolant. *sers-toi. merci.* je file dans ma chambre pour prendre ma carte d'électeur et je m'envoie deux, quatre, six lignes, ce qui fait que dix minutes plus tard, on est raides défoncés et on crève de soif. on boit au robinet car je n'ai pas de coca. mariano grimace toujours autant pendant que je lui raconte l'engueulade avec ma mère, il éclate de rire et me dit *ne t'inquiète pas, ton programme, il casse la baraque.* et moi, stone et excité comme une puce (parfois, la coke me rend si nerveux que l'envie de baiser s'installe dans ma tête comme un virus et pas moyen de m'en débarrasser), je l'empoigne et je lui roule une grosse pelle. il gémit *aïe, vas-y doucement* parce que ses blessures de la rue des pizzas sont encore douloureuses. sur ce, carbos, on s'allonge sur le matelas et on baise. il m'encule, puis c'est mon tour, on halète, on transpire, on se tache. la piaule sent fort, mais c'est bien de baiser et de recommencer en sachant qu'une flopée d'admiratrices attend mon apparition à la télé un peu plus tard. pauvres petites nanas, pauvres petites grosses des écoles publiques, vous avez tout faux. si vous saviez que je suis gay et que jamais je ne coucherai avec vous, qui mouillez en pensant à ricky martin et en écoutant radiomar : *il est sympa, ce type à la voix rauque, ma chérie.*

toujours raides et repus de baise, on se lève, on se douche. il va falloir que j'aille à la télé, mais bon, le pérou est un pays assez souple pour qu'on puisse se payer le luxe de passer à l'antenne défoncé et lâcher toutes les conneries du monde. le public trouve ça top. les petites nanas et les bonnes femmes ne se rendent pas compte que je suis stone. peut-être que les mecs les plus avisés s'en aperçoivent, mais ils s'en foutent que ce crétin de barrios soit à l'ouest et fasse des grimaces ridicules dans sa petite émission qui déchire.

mariano et moi, on continue de sniffer et on se rhabille. je me sens si bien après avoir fait l'amour avec lui que je ne trouve pas les mots pour décrire mon état. par contre, je n'ai aucune envie d'aller dans ce studio pourri (je hais la télé, je ne veux plus jamais passer à l'antenne, j'ai toujours voulu écrire ce qui me passe par la tête, marcher tranquillement dans la rue et être toujours attentif aux mecs baisables ou à une jolie nana qui passe, car cela n'arrive pas si fréquemment et la vie est courte, fillette).

j'enfile rapidos un de mes beaux costards (j'en ai des tonnes, tous achetés hors du pérou. au cas où ça t'intéresserait, je ne m'habille pas avenue larco, mon cœur) pendant que mariano sniffe. ce sachet de came est si gros qu'il n'a pas de fin. sans doute parce que je suis comme une pile électrique et que ma langue serpentine frétille, je lui lance *pourquoi tu ne viens pas avec moi à la télé ? ouais, super, d'accord*, me dit mariano (parce qu'il faut savoir que quelle que soit l'heure, mariano n'a jamais rien à faire).

un moment plus tard, mariano, moi et le sachet de coke (ou, par ordre d'importance le sachet, moi et mariano), on sort, je salue le vigile indien on ne peut plus cordialement. *comment ça va, monsieur gabriel ? bonne chance pour votre émission. merci, merci beaucoup, vieux. je vais la regarder, parce que vous savez que je ne la rate jamais, votre émission.* grimaçant, je lui dis *tchao, vieux*, mais je pense *si tu savais comme je suis gay, si tu savais que je viens de baiser avec mariano et que si j'ai l'air pressé, ce n'est pas parce que j'ai le sens des responsabilités, mais parce que j'ai de la coke jusque dans le trou de balle.*

on hèle un taxi branlant et je dis au chauffeur *à canal cinco, s'il vous plaît.* ça ne loupe pas, il me demande *gabrielito, quel est ton invité, ce soir ?* (parce qu'à lima, même les aveugles me reconnaissent. au pérou, je suis foutu à vie).

une grande conversation s'engage entre le taxi et moi. *bravo pour ton émission, gabrielito. merci bien, vieux, on fait ce qu'on peut. mais le* show de la movida *me plaît bien aussi, tu sais. oui, vieux, mais je peux difficilement rivaliser avec les seins de verónica castro.* il se fend la poire et me dit *mais toi, tu as un truc spécial, gabrielito, il faut le dire.* je réponds *plus ou moins, plus ou moins. dis donc, gabrielito, puisqu'on est là, à discuter, tu peux me dire comment ça va, avec pocho noel ?* je pense *putain de merde, nous y voilà. avant, ils me faisaient chier avec ce connard d'alan, maintenant, c'est pocho noel qui y passe, je suis foutu, il faut que je quitte le pérou.* souriant, j'essaie de me glisser dans la peau du gars génial de la télé, mais je suis trop stone et j'ai envie d'arriver le plus vite possible pour me coller encore deux lignes dans le nez, alors je lui dis *sache, vieux, que pocho est juste un pote, mais que les journaux inventent toutes sortes d'histoires pour vendre plus. tu es trop, gabrielito, en tout cas, ma femme et ma fille regardent tous les soirs ton émission, elles ne la ratent jamais. passe-leur le bonjour et embrasse-les de ma part, vieux.* il ouvre la boîte à gants, cherche un papier blanc au milieu d'un tas de papelards gras. *dis, gabrielo, si ce n'est pas trop te demander, j'aimerais bien un autographe pour ma femme et ma fille. pas de problème, vieux.* il met la main sur un papier et un stylo moite et glissant, me les tend. *comment elles s'appellent ? ma femme, edith, et ma fille, fiorellita.* je réfléchis *alors, voyons voir…* et j'écris *pour edith, amicalement, gabriel barrios*, puis *pour mon amie fiorella, affectueusement, gabriel barrios.* évidemment, je me sens un gros connard. je lui rends ses bouts de papier. *merci, gabrielito.* pendant ce temps, mariano est toujours à l'arrière. il a l'air d'un martien, parce que quand il est défoncé, mon petit mariano part dans son monde étoilé, dans une autre galaxie, et il faut lui donner deux bonnes lignes pour le réveiller.

donc, raides comme des piquets et grimaçant comme des tordus, on arrive à canal cinco, la chaîne des stars. *nous voilà arrivés,* annonce le taxi. *combien je te dois, vieux ? rien du tout, gabrielito, tu ne me dois rien. non, vieux, tout travail mérite salaire. bon d'accord, un sol, alors, gabrielito.* je le paye et descends de voiture aussi sec en lui disant *tchao, vieux*. mariano me suit, stone comme une vache. il ne semble plus du tout savoir où il est. on entre dans les locaux de la télé en martelant le sol de nos talons, je salue les vigiles comme si j'étais le président de la république, c'est à dire distingué, souriant et sûr de moi parce que c'est bien connu, les stars de la télé ont toujours le sourire aux lèvres (même quand elles dorment).

qui est l'invité de ce soir ? je pose cette question à l'une des productrices, la morpionne adriana mariño, une coincée du cul qui fume toute la sainte journée et a une haleine putride de vendeuse de brochettes devant un cimetière – je ne parle pas de toi, irenita. toi, tu sens la rose. toi, je t'adore – et qui me regarde, paniquée, en m'annonçant que je ne sais qui s'est désisté. elle est toute pâle, la pauvre, et elle fume comme une folle sur le point de craquer parce que l'émission commence dans une demi-heure. *du calme, adriana, ne t'inquiète pas, je t'ai amené un invité de marque*, lui dis-je en lui montrant mon amour de mariano qui sourit, complètement à l'ouest. adriana lui tend la main en lui lançant un regard de chienne battue qui fayote à mort avec le gérant –car adriana mariño est une grosse lèche-cul, une salope qui est prète à te trancher la gorge pour une augmentation de salaire homéopathique. *tu as devant toi l'un des meilleurs chanteurs de rock de lima. il a un groupe, les* ilegales, *et ils font de la très bonne musique. non, c'est vrai ? je ne les connaissais pas. c'est un miracle parce que nous étions sans invité, ce soir. il y a toujours des invités, adriana, ne t'inquiète pas et fais-moi confiance.* rassurée, elle tourne les talons et se barre dans le bureau où elle passe le plus clair de son temps à téléphoner à sa ribambelle de copines qui mettent toujours des gants et fument comme des camionneurs. moi, je file aux toilettes, suivi de mariano. on s'envoie quelques lignes. *essaie de ne pas faire de grimaces pendant l'interview, okay ? quoi ? tu vas m'interviewer ? bien sûr. tu n'as pas entendu ce que je viens de dire à adriana ?* il sourit comme un gosse. *waouh, quelle aventure, c'est la première fois que je passe à la télé.*

défoncés, on entre dans la cabine de maquillage. *salut, gabrielito, c'est un miracle que tu sois là si tôt*, me dit la maquilleuse, qui a plutôt l'habitude de me voir débarquer trois ou quatre minutes avant l'émission, et je m'assois face au miroir. comme d'habitude, elle me met du fond de teint, de la poudre, une autre couche de fond de teint et du rouge à lèvres qui me donne l'air d'une pute. je ne sais pas si mariano me regarde avec dégoût ou s'il est étonné. la maquilleuse est une grosse fille tout ce qu'il y a de correct, je ne me rappelle plus ton nom mais je te salue de miami car tu étais vraiment sympa. la maquilleuse me tripote les cheveux, y enfouit ses ongles de vieille chatte en rut, super contente d'inspecter mes pellicules. elle adore trifouiller dans mes cheveux. il faut dire que c'est de sa faute si j'ai chopé des pellicules parce qu'un jour, elle m'a coiffé avec un des petits peignes infects réservés aux gamines déguisées en bulles de l'émission pour enfants *hola crayola*, et ce sont elles qui m'ont refilé cette saloperie, si dégueulasse qu'on aurait dit des corn flakes. *mais maintenant, c'est fini, tu n'as plus rien, gabrielito, tu es guéri. continue de te laver avec le shampoing conditionneur pantène et fais-toi de temps en temps un baume avec du jaune d'œuf et du citron. merci, merci,* dis-je en pensant *le jaune d'œuf, garde-le pour ta mère, ma grosse.* je sors de la cabine de maquillage. *moi, il n'est pas question que je me fasse maquiller*, dit mariano. *juste une couche de fond de teint et de la poudre. bon, d'accord, mais j'en tiens déjà une bonne, de couche,* répond mariano d'un air rigolard. on se marre tous les trois, elle le maquille vite fait, bien fait mais sans trop s'appliquer. on sort de la cabine de maquillage couverte de posters de juan gabriel, de josé josé, du puma et de manzanero et on file aussitôt aux toilettes pour sniffer un peu histoire d'être bien inspirés pour l'émission.

je sors des toilettes et on me dit *gabriel, gabriel, dépêche-toi, c'est à toi dans une minute*. je cours jusqu'au plateau, on m'épingle un micro, on allume toutes les foutues lumières et *smack, smack,* les filles du public m'envoient des baisers, je leur fais *salut, salut*, mais je suis défoncé et elles ne s'en rendent même pas compte, et je vois sur le moniteur la fin de l'épisode de l'atroce telenovela vénézuélienne. derrière les caméras, mariano gigote nerveusement, je l'appelle et lui souffle *dis à adriana mariño d'aller te chercher une guitare aux accessoires. c'est qui, adriana ? la connasse qui m'a dit bonjour quand on est arrivés*. sur ce, adriana se pointe en me demandant *tout est prêt ? oui, parfait*, mais j'ajoute *adriana, trouve-nous une guitare pour que mariano puisse chanter*. elle me répond *d'accord* et court, perchée sur ses talons punatesques, fuyant les insectes féroces et les vieux rats qui se promènent dans les couloirs de cette chaîne de télé ancestrale, et on entend des pas, des pas, quelqu'un crie *générique* et les cameramen me disent *c'est à toi, gabrielito, bonne chance, gabrielito*.

à dix heures pétantes, le cameraman moustachu un peu toqué me dit *c'est parti*. je me vois sur le moniteur, je resserre mon nœud de cravate, je fais une grimace qui ressemble à un clin d'œil complice pour mes potes qui sniffent au pub de l'olivar et je me lance. *bonsoir, comment ça va ? aujourd'hui, l'émission va être géniale* et je débite deux ou trois autres âneries. toutes les petites idiotes du public rigolent des conneries que je sors à la pelle, parce que quand je suis stone, j'en dis des tonnes, ça fuse comme un torrent, une vraie cataracte. je présente mariano sans tarir d'éloges sur son compte, *un musicien plein de talent et d'originalité qui m'a beaucoup impressionné, un des meilleurs artistes de rock péruvien, le chanteur des* ilegales, *un groupe qui fait une musique géniale… voici mariano lavalle, on l'applaudit bien fort, mariano, c'est à toi.* mariano entre sur le plateau, beau comme un dieu et stone comme une vache. il me sert la main, on sourit, on se regarde dans le blanc des yeux. je pense *c'est quand même marrant, dire qu'il y a encore quelques heures, on baisait dans mon lit et on sniffait de l'excellente coke, et nous voilà ici, à nous donner en spectacle à la télé péruvienne. there is no business like show business, darling.*

ce sont des trucs qui n'arrivent qu'au pérou, mon cœur. il n'y a que dans cet hallucinant pays de l'impro et de la créolitude qu'on peut inviter son amant défoncé à la téloche et lui faire une interview mielleuse. par-dessus le marché, le public applaudit à tout rompre car on a toujours du succès auprès des gens quand on les chauffe un peu. au cas où tu ne le saurais pas encore, le public est une grosse pute.

l'interview était du tonnerre. on a dit des tas de conneries (peut-être même assez drôles). on était pétés de rire. adriana a rapporté une guitare pendant la pub. mariano et moi, on s'est précipités aux toilettes pour se faire quatre rails chacun avant de regagner le plateau. je suis sûr que les caméramen se sont aperçus qu'on était raides, parce que c'est très bizarre de filer aux cabinets avec son invité pendant la pub, de se repointer en studio une minute plus tard pour se caler dans son fauteuil en se frottant le nez de manière suspecte, plié en quatre. les filles continuaient d'applaudir sans rien capter, ces imbéciles.

ce soir-là, devant des milliers de téléspectateurs avachis qui nous regardaient en s'explosant la rate dans leurs humbles foyers, ce dingue de mariano a chanté ses plus belles chansons. et même si la guitare de la télé était pitoyable et qu'il était stone, même s'il avait la voix un peu rauque, que ses mains tremblaient et qu'une ou deux grimaces lui a échappé, il a super bien chanté. il a reçu un tonnerre d'applaudissements. *une autre, une autre, une autre,* qu'ils demandaient. et il en a chanté une autre. j'étais vachement fier de toi, mariano, heureux que tu aies participé à mon émission en y mettant tout ton cœur, parce que malgré tes airs malingres, tes cheveux ébouriffés et ta dégaine dépenaillée dans ta petite veste en cuir, tu m'as prouvé que si tu n'avais pas plongé dans les bas fonds de la drogue, tu aurais pu devenir une star du rock.

tu as chanté comme un dieu, ma beauté, et j'étais fier de toi.

VII

je pense à toi, nathalie.

je me revois marcher avec toi avenue larco. tu n'étais pas très grande, tu portais un jean moulant et tu avais un petit cul fier et ferme, des reebok noires aux pieds, des cheveux blonds légèrement bouclés. je revois ton sourire espiègle que j'adorais.

un jour, on s'est retrouvés à la pâtisserie suédoise, je crois que c'était un samedi. je traînais dans miraflores. car quand on ne passe pas ses samedis après-midi en famille ou à regarder des conneries à la télé, on peut vraiment s'ennuyer à lima. on ne veut pas non plus entrer dans un cinoche miteux de miraflores, non. on préfère aller se promener, feuilleter la presse internationale du petit kiosque près du cesar's (en parlant de ça, il fallait être bien ringard pour appeler cet hôtel de miraflores le cesar's). on aime mieux flâner dans la vieille librairie studium, au cas où le garçon maigre et distrait serait derrière la caisse, histoire de piquer un petit bouquin d'alianza editorial et de se constituer peu à peu, aussi patient et laborieux qu'une fourmi, une appréciable bibliothèque intégralement volée chez ce libraire quand le maigrichon dans la lune était de service. à ce propos, je suis prêt à parier gros que ce mec est pédé.

alors au fil de ma glandouille, butant contre les boîtes de conserve dans les rues étroites de miraflores, j'arrive comme par hasard devant la pâtisserie suédoise. j'entre parce que j'aime l'odeur qu'il y a à l'intérieur et que, parfois, il m'arrive d'y croiser des gens sympas et surtout, trêve d'hypocrisie, parce que le fils des suédois qui ont ouvert ce café il y a pas mal de temps est un grand blond hyper mignon à qui il arrive de traîner dans le coin. quand je le vois, j'en suis tout chose, ça me donne envie de me transformer en oreille de porc, en biscuit pour que tu me mordes à pleines dents, blondinet suédois.

je m'installe à une table au fond de la salle, enfin pas si au fond que ça parce que les toilettes sont trop près et ne sentent pas précisément le suédois, mais plutôt les gradins du stade national, à savoir la pisse et la merde. calme, rêveur, je m'assois à l'une des petites tables orange et grasses. je croise les jambes comme une demoiselle de lima, bien élevée, charmante et gracieuse grâce aux conseils qu'on lui a prodigués à l'académie de margarita checa (j'en profite pour saluer toutes les petites putes de cette institution où tante margarita checa, tirée à quatre épingles, leur apprend à éplucher une banane à la fourchette, oh mes mignonnettes ! moi, je peux vous apprendre à peler une banane sans fourchette, rien qu'avec la bouche, bande de petites pipeuses). j'appelle un des serveurs, tous gros, suintants et les cheveux gominés, les mêmes qu'au café solari, qui doivent être les plus pouilleux de miraflores. putain de merde : pourquoi est-ce qu'on n'asperge pas d'un peu d'anti-poux les garçons pleins d'abnégation qui sont derrière le bar du solari ?

j'appelle le garçon avec délicatesse et le type s'avance en marchant comme un chat à moitié échaudé, dans sa petite chemise blanche qui n'a pas été en contact depuis des siècles avec un peu de lessive ultra détachante. il me tend la carte grasse d'un geste qui signifie *eh merde, encore une pédale qui vient manger sa soupe à l'oignon et parler diplomatie*. il faut dire qu'une importante quantité de gays de la communauté diplomatique de lima se donne rendez-vous à la pâtisserie suédoise pour y analyser la fin de la guerre froide. *apportez-moi une autre camomille, celle-ci est froide, garçon.* je passe ma commande sans avoir consulté la carte. *un gâteau roulé à la confiture de lait et une limonade, s'il vous plaît.* il tourne les talons sans piper mot et, toujours gominé et précautionneux, il retourne au bar où il y a tout un tas de délicieux petits gâteaux, car il est vrai que les charmantes demoiselles ont une passion démesurée et se damneraient pour ces douceurs moelleuses, spongieuses et copieusement garnies de confiture de lait et de crème pâtissière. mieux vaut que j'arrête, sans quoi je suis bon pour les cours de margarita checa, et là, je risque de devenir une grosse truie farcie d'oublies au chocolat, dont je suis complètement folle.

le serveur revient vite m'apporter mon exquis gâteau roulé, et je souffre parce que je déteste être comme ça, toute seule, assise et célèbre tandis qu'aux autres tables, on me regarde en chuchotant dans mon dos, et je sais que ces diplomates sont en train de me tailler un costard. misérables folles de cabinets, je sais ce que vous murmurez. *ce pauvre garçon, quelle horreur de s'abaisser ainsi dans une émission aussi vulgaire alors qu'on sent qu'il a eu une bonne éducation.* médisez tranquilles, bande de connards, je m'en fous. un jour, je vous prouverai que, contrairement à vous, je suis un gay aux couilles bien accrochées. un jour, j'assumerai sans complexes mon homosexualité et vous me regarderez respectueusement, messieurs les membres du corps diplomatique qui êtes si calés en géopolitique mais bien moins doués pour emballer un beau mec qui fait ton bonheur d'une nuit quand ton lit est froid et que tu n'as personne pour te consoler, mon cœur. (et je salue au passage tous les diplomates si injustement villipendés pour le simple fait d'être homos, quelle injustice. je suis solidaire de votre cause, mes biquets. quand vous voulez, on organise un championnat éclair de volley et on s'en paye une bonne tranche en oubliant un moment le monde unipolaire. aïe, quelle horreur que le communisme ait disparu aussi vite ! je te dirais, ma fille, qu'il me manque parfois, car les choses étaient comme qui dirait plus équilibrées quand le communisme était encore un coucou nucléaire.)

on me sert mon bon petit gâteau roulé et sa confiture de lait (excusez-moi de parler comme un *brownie*, mais mon cher pérou adoré me manque) et je le déguste sans me presser car je ne veux pas avoir l'air d'une grosse prolo affamée et mal élevée qui s'empiffre sans se soucier des bonnes manières. non, moi je mange élégamment, doucement, comme une pâtissière suédoise, il faut donner l'exemple aux *brownies*, ma bonne dame. me voilà donc en pleine dégustation, songeant que tout n'est pas si mal dans cette ville qui compte tant de laiderons et où une pute peut finir en charpie si elle a le malheur de passer dans la rue au moment où explose une voiture piégée (vivre à lima, c'est une vraie loterie, mes chéries). je suis perdu dans ce genre de pensées quand j'aperçois une fille blonde aux cheveux bouclés dans un jean moulant, qui marche au pas de course. je me dis *oh nathalie, je n'en peux plus, ne pars pas sans moi, attends-moi, j'aimerais te parler pendant des heures de ton chouette frangin qui me rend folle d'amour et ne m'a pas appelée de la journée, il est trop dur avec moi, mon petit mariano qui ne me laisse pas vivre en paix, il m'a volé ma tranquillité, ce méchant beau mec maigre et dégingandé. si tu savais comme je t'aime, méchant, salaud.*

nerveuse, je me lève et cours jusqu'à la porte. le garçon me regarde, l'air de dire *espèce de voyou, ne t'avise pas de partir sans payer ou je te fais boucler. je reviens tout de suite, monsieur, je vais juste dire bonjour à une amie*, ce qui le laisse perplexe parce qu'il n'a pas l'habitude qu'un gentleman dans mon genre l'appelle monsieur. je me précipite dans la rue froide et laide (car jour après jour, l'avenue larco empire, c'est une horreur de voir tous les mendiants, les vauriens et les fous à moitié nus qui pullulent dans cette importante artère de miraflores) et je dis (parce qu'une dame ne crie pas, non, ma fille, pourquoi cries-tu comme ça dans miraflores, melody ?), je dis *nathalie, nathalie*. elle s'arrête, tourne la tête, me voit et me sourit de son air espiègle. je m'exclame *aïe, quelle émotion !* puis j'arrête un peu de jouer les tantouzes pour songer *elle est craquante, cette petite, elle me donne envie de faire toutes sortes de cochonneries*. elle arrive en courant, m'enlace et m'embrasse sur la joue, on fait copain-copain. j'ai l'impression d'être dans une scène de telenovela argentine (je me sens très andrea del boca étreignant son fiancé dans un aéroport) . les diplomates de la jacquette me fixent, à moitié déconcertés, et chuchotent dans mon dos. je les entends murmurer d'ici *ça doit être l'écran de barrios. il se donne des airs de play-boy, ce saligaud, mais toi et moi, mon cher, nous savons parfaitement que c'est une grande folle*. ils aboient, sancho, c'est signe que nous avançons (et dépêche-toi car les chiens vont nous mordre, sancho).

salut, nathalie, quoi de neuf ? lui dis-je, amical et affectueux. *rien, je sors de chez une amie. où tu allais, comme ça, si pressée ? chez moi. tu ne veux pas venir goûter avec moi ? okay, génial*. je regagne la salle avec elle. les garçons matent son cul et les diplomates, le mien. on s'assoit à la petite table orange et grasse que j'occupais et je m'empresse d'appeler môssieur le serveur. *commande ce que tu veux,* dis-je à nathalie, car je suis généreuse et très ouverte. *prends un gâteau roulé, c'est un vrai délice. d'accord, alors, un gâteau roulé avec une boule de glace à la vanille. quelle bonne idée ! moi aussi je voudrais une boule de glace, mais au chocolat,* dis-je au garçon qui pose sur nathalie des yeux de gros satyre qui doit tripoter ses treize gamines dans le débarras au toit de palme qui lui sert probablement de logis. il se retire, l'air toujours aussi échaudé et gominé. (beurk, pourquoi les serveurs de lima se tartinent de gomina et sont si pouilleux ?) comme toute petite nana polissonne de miraflores, nathalie plonge ses yeux dans les miens en affichant un sourire moqueur de fumeuse de shit et me demande *alors, comment ça va depuis la dernière fois* ? je sens bien que cette idiote meurt d'envie de baiser avec moi, mais ça ne me dit rien, je veux juste manger mon gâteau roulé en me mettant dans la peau d'une demoiselle (parce que quand je redeviens un mec, je me fais mal, les filles, vous savez comment c'est, ce genre de trucs).

je lui dis *ben voilà, je suis là, je m'ennuie, je fais aller en attendant que cette journée se termine. et toi* ? *moi, couci, couça, quoi,* répond-elle en me fixant de ses yeux de poisson triste. *pourquoi ? parce qu'hier, je me suis embrouillée avec mon amoureux. mais vous n'étiez pas déjà fâchés ? c'est vrai, mais c'est toujours comme ça entre nous. on se dispute et puis on se réconcilie. qu'est-ce qui s'est passé, hier ? pourquoi vous êtes-vous fâchés ? merci*, dit-elle au garçon, et elle prend une cuillerée de gâteau roulé qu'elle fourre dans sa bouche de pipeuse (elle a l'air d'avoir une sacrée dalle, la môme). *on s'est engueulés parce que ça me fait chier qu'il sniffe quand il est avec moi.* je lui demande *tu ne sniffes pas, toi* ? *si, de temps en temps, mais je n'aime pas être défoncée avec coco. c'est qui, coco* ? *mon mec. désolé, je ne savais pas comment il s'appelait. le problème, c'est que coco est trop dans la dope et que j'ai vraiment peur qu'il lui arrive une merde. je ne sais pas si tu te rappelles les deux gars dont je t'ai parlé et qui se sont fait prendre en italie. ouais, bien sûr que je me rappelle. bon, eh bien ces potes sont des copains de coco et lui était plus ou moins mêlé à leur business. en fait, je voudrais le sortir de ce monde-là, j'ai trop peur qu'un jour, il se fasse choper et mettre en taule. tu as entièrement raison, nathalie, il ne faut pas jouer avec le feu, ça finit toujours mal.* elle me dit *mais toi aussi, tu sniffes, pas vrai ? oui, ça m'arrive, mais pas souvent. pour moi c'est pareil, c'est juste un complément parce que je n'ai pas besoin de ça pour m'éclater. en fait, je préfère vraiment fumer un bon pétard.* elle rigole, me tapote la jambe (en douceur, petite allumeuse, ne me cherche pas car je risque de te sauter dessus et de te faire pleurer, tu sais), et tout en se marrant, elle me dit *tu aimes la beuh, gabriel. l'autre jour, j'ai regardé ton émission et tu étais stone. je t'ai saluée, tu as vu ? tu déconnes ? non, je n'ai rien vu du tout. tu as merdé, nathalie. je me suis endormie, j'étais crevée et je n'ai pas tenu jusqu'au bout, mais raconte, qu'est-ce que tu as dit ? rien, une connerie, je t'ai envoyé un baiser, quelque chose dans le genre. mais raconte, ne me laisse pas mariner. j'ai dû dire mais tu sais, on se revoit demain, au parc, un truc dans ce goût-là.* pétée de rire, elle dit *tu es quand même gonflé, gabriel, je ne sais pas où tu trouves le culot de sortir ça à la télé. et ton frère, tu l'as vu, hier soir ? où ça ? mais dans mon émission, tiens !* elle ouvre grand les yeux et me regarde en ayant l'air de penser *tu te fous de moi, tu me fais marcher* et dit *quoi ? mariano était ton invité d'hier ? oui, je l'ai interviewé et il a super bien chanté. c'est vrai? jure-le ! je le jure. merde, quel dommage que je l'aie raté, on ne m'a pas prévenue. ça ne m'étonne pas, personne ne regarde cette émission merdique. allez, raconte, comment il était, mariano ? génial, il a chanté génialement.* elle rigole et dit *il faut que tu me montres la cassette vidéo, mon vieux, il faut absolument que je la voie. tu la verras, ne t'inquiète pas,* dis-je en songeant *où es-tu, mariano ? tu me manques. je suis là, toute seule, à manger du roulé à la confiture de lait et je suis sûr que pendant ce temps-là, tu fumes des pètes avec billy et harry en répétant tes chansons pour le concert de ce soir. je te hais, rockeur, et tu me manques à mort.*

je suggère *on demande l'addition ?* car elle a fini de manger son gâteau et sa glace (qu'est-ce que tu bouffes, ma cocotte, à croire qu'on ne te nourrit pas dans ton appart qui sent les tripes). *oui, allons ailleurs.* superdélicate et raffinée (en fait, je pourrais être prof à l'académie de margarita checa, donner des leçons de charme car j'ai une classe naturelle, les filles), je lève le bras et appelle le serveur qui rapplique aussi sec et lui dis *la note, s'il vous plaît.* avec assurance, il fait des calculs dans sa tête de fils de la famille pierrafeu, puis finit par me dire combien je lui dois. je sors mon portefeuille dont les multiples plis contiennent encore des traces de coke (je vous jure que parfois, j'ai tellement envie de sniffer que je lèche les plis de mon portefeuille pour y dénicher un peu de cette poudre délicieuse qui me colle de sacrées angoisses quand l'effet s'estompe). je lui tends de ces billets pourris qu'ont tous les péruviens (pourquoi ne pas utiliser des dollars ? ce serait plus joli. on glisserait un *quarter* dans la rainure des téléphones publics et on renoncerait à ces jetons de merde remplis de bactéries de choléra). *c'est bon*, dis-je à nathalie. *on y va ?* on sort toutes les deux, hyper pressées, en remuant du cul. les diplomates nous matent. *qu'est-ce que vous regardez comme ça, bande de jaloux ? continuez de raconter vos conneries, nigauds, et fichez-nous la paix.*

maintenant, nathalie et moi on se balade avenue larco. on marche vite, d'un pas vif et léger, et je lui demande *dis-moi comment est coco. comment ça, comment il est ? eh bien, physiquement… est-ce qu'il est très beau ? ouh, ça oui, il est si beau que toutes les filles en sont dingues. raconte, raconte. pourquoi tu veux savoir ça ? pour rien, par curiosité, c'est tout* (parce que je n'ai pas encore osé avouer à cette petite que je suis moitié gay, je ne veux pas être trop brutal avec elle et la laisser comme deux ronds de flan. chaque chose en son temps et si ça requiert de la vaseline, tant mieux, c'est moins douloureux). elle me dit *il est plutôt petit, pas aussi grand que toi, mais costaud, très bien foutu, et de visage, il est super mignon et il le sait, le salaud.* pendant qu'elle me le décrit, je pense *aïe, je suis foutu, j'ai vachement envie de le connaître et de lui tendre mon popotin pour qu'il se paye une bonne chevauchée*, au lieu de quoi je dis à nathalie *tu as quelque chose à faire, maintenant, nathalie ? non, rien du tout, pourquoi ? pourquoi tu ne passes pas un coup de fil à coco pour qu'on aille boire un verre tous les trois ? je vous invite. ce serait génial, le problème, c'est que je suis un peu en froid avec lui. appelle-le, c'est tellement simple, tu meurs d'envie de le voir.* elle rigole et me dit *okay, je vais l'appeler. si ça se trouve, il te connaît et vous allez bien vous marrer.*

on poursuit notre promenade avenue larco comme deux folles échappées de l'asile larco herrera et j'examine les baskets de nathalie qui me lancent un SOS, les pauvres. fillette, lors de mon prochain shopping à miami, je t'en achète une nouvelle paire pour que tu ne sois pas attifée comme une clocharde quand on se baladera ensemble dans le quartier, d'accord ? c'est une honte car tu sais, il faut savoir préserver sa réputation (je me sens vraiment une grosse pute à chaque fois que j'écris ce mot. petite, j'aurais préféré suivre des cours de maintien de réputation au lieu d'assister à ces classes de soutien informatique barbantes auxquelles je ne comprenais rien. moi, tu me laisses avec pacman et basta, inutile de me compliquer davantage la vie, mon cœur).

je disais donc qu'on marchait comme des reines et que tout le monde nous matait parce que les faces d'inca qui traînent avenue larco me reconnaissent dans la minute où ils me voient. pour eux, je suis le garçon effronté de la télé. s'ils avaient vent de la grosse follasse qui se cache en moi, ils seraient amèrement déçus, ces fans qui m'adorent et sont tout excités quand un poster de moi souriant comme un bellâtre de service est offert avec le programme télé.

devant son immeuble, je dis à nathalie *va l'appeler, je t'attends en bas, c'est mieux. pourquoi ? monte ! non, je préfère rester ici. qu'est-ce qui se passe ? tu t'es disputé avec mariano ou quoi ? non, pas du tout, je préfère rester ici, c'est tout. bon, comme tu voudras, mon vieux. dis à coco qu'on se retrouve au beverly. c'est où ? à san isidro, c'est une pizzeria où la sangria est délicieuse, du côté de l'avenue camino real. ah, super, ça me dit bien, de boire une petite sangria bien glacée. dépêche-toi, nathalie, ne traîne pas. oui, oui, je descends tout de suite. tu n'aurais pas un pétard pour qu'on rigole un peu avec coco ?* elle se marre. *attends-moi, je n'en ai pas pour longtemps* et monte en courant. moi, je crève d'envie de monter quatre à quatre les escaliers derrière elle et de me glisser dans la chambre de mariano, qui est peut-être en train de faire la sieste, de me faufiler tout doucement dans son lit, de prendre sa belle petite queue, de lui faire des mamours en la sentant durcir, de l'introduire entre mes lèvres charnues et *slurp, slurp, slurp*, de le sucer savamment pendant qu'il dort et rêve peut-être de moi. mais je ne veux pas qu'il me jute dans la bouche parce que je n'aime pas le goût amer du foutre, je préfère baisser mon futal et attendre sans bouger qu'il me règle mon compte, sentir, *ah*, comme il me la met et pousse, *han, han, han,* avant de jouir bien au chaud dans mon intimité la plus secrète. aïe, je n'en peux plus, mariano, tu me manques à mort, ma beauté, pourquoi m'as-tu laissé seul, pourquoi m'as-tu abandonné, perdu dans cette vallée de larmes ? allô, les pompiers, je vais mourir, appelez le 911 car je vais me trancher les veines, me jeter du haut de la terrasse pour que les vautours voraces me dévorent et qu'on en parle plus.

cette dingue de nathalie redescend presque aussitôt avec une tête de dévergondée et me dis *ça y est, je l'ai eu. qu'est-ce qu'il t'a dit* ? *il nous rejoint au beverly dans une demi-heure. génial, super. tu vas bien te marrer parce que coco est vraiment sympa*. je pense *moi, j'aimerais surtout le voir à poil ton coco, ma chérie, car quelque chose me dit –pure intuition qui monte de mon bas ventre– que coco est assez bien pour qu'on ait envie de lui faire plein de trucs.*

on marche sans but précis et nathalie sort un petit pétard soigneusement roulé et me le montre en souriant d'un air coquin. *génial, tu es vraiment chouette, nathalie, j'avais une de ces envies de fumer* ! elle rit et me répond *moi aussi, moi aussi !* on s'engage dans l'une de ces ruelles mal famées et calmes qui descendent jusqu'au club terrazas et là, pas gênés, on allume le pète et on se le fume. on tousse, on se fend la gueule parce qu'il n'y a qu'à miraflores qu'on peut fumer des joints au nez et à la barbe de tout le monde. arrivés au terrazas, on est déjà dans un sale état. le soleil décline là en bas, sur la mer qui sent la merde (salope de mer qui a englouti mes petits bruns d'alianza lima, putain) et on contemple le couchant bien stones, en silence, quand tout à coup, *tchac*, nathalie fond sur moi comme un piranha meurtrier et me roule un énorme palot. je ne fais rien pour l'en empêcher, je la laisse me donner de grands coups de langue (tu es vraiment gonflée, petite, ta langue ressemble à un clitoris, ma salope). elle me suce agréablement la pomme pendant que je songe à son adorable petit coco et lui dis *allons au berverly, il ne faut pas qu'on arrive en retard. où ça* ? je répète *au berverly* mais je pense *putain, tu es tellement pétée que tu as oublié comment tu t'appelles, petite, n'exagère quand même pas, c'est bien que tu fumes mais il faudrait rester polie avec moi, cocotte.*

j'arrête un tacot avec délicatesse, criant *taxi, taxi* en plein coucher de soleil, et comme toujours quand j'ai fumé, le pédé qui est en moi pointe le bout de son nez. une bagnole pourrave pile net avec un culot monstre (car à lima, on peut freiner n'importe où). nathalie et moi on court et on monte dans cette épave et je dis au chauffeur *à la vierge du pilar, s'il vous plaît.* l'indien qui est au volant zyeute dans le rétro, il passe la vitesse supérieure et roule hyper vite pendant que sa petite radio beugle une salsa sirupeuse. il me mate à nouveau. moi, je regarde par la fenêtre, l'air de rien (fais pas chier, ducon, je n'ai pas besoin que tu me colles des paroles sur cette chanson-là, laisse-moi profiter de l'effet de la beuh peinard). nathalie regarde elle aussi ce qui se passe dehors. elle a baissé la vitre et ses cheveux blonds et bouclés flottent au vent, pas le même que celui qui souffle dans sa tête. enfin, le taxi me pose l'inévitable question *gabrielito, qui est l'invité de ce soir dans ton émission ? aujourd'hui, c'est samedi, il n'y a pas d'émission.* comme je suis stone, j'ai parlé d'une voix grave et virile. *bien sûr, c'est vrai* qu'il me dit *tu as raison, il n'y a pas d'émission aujourd'hui.* et il me mate encore un peu dans le rétro. moi, je préfère détourner le regard parce que quand je suis pété, je rigole à la moindre connerie et je ne veux pas qu'il sache que je fume des pètes.

on garde tous les trois le silence, mais il me semble

que le chauffeur a pigé que la petite nathalie et moi, on se paye un incroyable voyage astral. quand on arrive au beverly, je lui tends de ces immondes billets péruviens. si jamais on leur faisait subir un examen bactériologique, on trouverait les germes qui refilent le choléra, la typhoïde, la lèpre et le sida sur la tronche renfrognée du général bolognesi. *bonne chance pour ton émission, gabrielito*, me dit l'indien. *au fait, tu ne pourrais pas me faire un petit coucou ? mais si, bien sûr,* que je réponds, *comment tu t'appelles, vieux ? teófilo cajahuaringa alpiste. okay, teófilo, lundi, je te fais un petit coucou. merci, gabrielito, tu es vraiment super.* une fois qu'il est parti, nathalie et moi on éclate de rire et je lui sors *ce sera pour ta vieille, le petit coucou, cajahuaringa. retourne dans ta cage !* nathalie est pliée en quatre parce qu'elle est défoncée, elle a un rire vulgaire et je lui dis *fais moins de bruit, je suis connu au beverly.* elle reprend son sérieux, heureusement car il faut soigner son image en public, et il se trouve que je vis de mon image, mon cœur.

je préfère qu'on s'asseye en terrasse, dis-je à nathalie. pas question que j'entre au beverly stone comme je le suis, pas question que les vieux directeurs de banque et leurs femmes bien pomponnées me voient dans cet état, flanqué d'une môme qui a sans équivoque l'air d'une bouffeuse de bites. on s'assoit donc dehors. ah qu'elle est bienfaisante, cette brise fraîche qui souffle à lima, il n'y a pas meilleur climat que le doux climat de ma lima chérie. un garçon vient sans tarder prendre la commande, car au beverly, les serveurs me connaissent depuis des lustres et ils m'aiment bien. *bonsoir, monsieur gabriel, quel plaisir de vous voir*. être une star de la télé comporte ses avantages quand on va au restaurant. on te donne toujours la meilleure table et on est aux petits soins pour toi, avec tout le respect qu'on te doit. *comment ça va, ernesto ? vous pouvez nous apporter une grande cruche de sangria, s'il vous plaît ? tout de suite, monsieur gabriel, tout de suite. bonsoir, mademoiselle*. ernesto est très prévenant, mais nathalie ne percute pas car elle est partie sur une autre planète. elle rigole tout le temps, complètement à l'ouest, la belle petite.

ernesto revient aussi sec avec la sangria. que c'est bon, elle est fraîche et même glacée, c'est l'idéal pour moi, qui avais la gorge en feu. pas gênée, nathalie s'en descend un verre comme si de rien n'était, cul sec, et que je te repose direct le verre sur la table (doucement, fillette, ne sois pas si vorace, c'est cher, la sangria). dès que le serveur a tourné les talons, elle me sort *je n'arrive toujours pas à croire qu'on soit amis. pourquoi* ? elle crie car quand on a fumé, on a tendance à parler trop fort sans s'en rendre compte *mais parce que tu es très différent de celui que tu es dans ton émission. en fait, tu veux que je te dise la vérité ? tu me semblais plutôt arrogant.* je lui dis en souriant gentiment *oui, c'est vrai, je fais un peu le clown quand je suis à l'antenne, mais c'est ce qu'aiment les gens.* elle pouffe de rire *en fait, tu es un gars génial, tu sais. toi aussi tu es géniale, nathalie.*

on en est là, défoncés, les batteries rechargées par l'excellente sangria du beverly (ce n'est pas pour dire, mais je vous la recommande, les filles. elle est délicieuse, ne donne pas la migraine et aide à se décontracter quand on veut baiser et qu'on a peur de se planter parce qu'on a fait ses classes dans une école de religieuses. je te comprends, ma vieille, je sais que les préjugés font barrage quand on veut se faire trombiner avec tout l'amour requis, qu'on attend une bite massive et appliquée). on en est donc là quand j'aperçois un petit blond costaud sur la terrasse. il fait nuit maintenant et aïe, je suis tout ému, le pédé qui est en moi ressort, j'ai des sueurs froides dans le dos, je risque de tomber le masque car, ingénument, à ce moment précis, je me dis *le mec à la moto, le mec à la moto*… mais non. quelle déception ! maintenant qu'il est plus près, je vois bien que ce n'est pas le mec à la moto mais qu'il est largement aussi mignon que lui. ce n'est pas le mec à la moto mais je l'enfourcherais volontiers –aïe, quelle horreur ! où est passée ma belle pudeur ?

il s'approche, le joli coco, il s'approche de notre table et aïe, ma parole, mais d'où sortent-ils, tous ces beaux mecs, je vous le demande ? où habitent-ils ? je ne les vois jamais, je me dis qu'à lima il n'y a plus de garçons baisables, et voilà qu'un samedi soir se pointe un de ces petits blonds costauds comme on en voit surfer sur les vagues à punta hermosa. pour ce genre de mecs, je resterais volontiers toute ma vie à lima, mon cœur, et qu'on m'enterre sur la place de punta hermosa, près de tous ces sniffeurs ignares, mais beaux à croquer et bien montés (maintenant que j'y pense, matías me revient en mémoire. il adorait manger du poisson frit à punta hermosa. il était si beau quand il me faisait tourner en bourrique parce que sa queue était plus grosse que la mienne).

coco ! crie nathalie. allumeuse, heureuse, elle se lève de table et embrasse le très beau garçon que j'ai pris pour le mec à la moto.

ce coco cocaïnomane est donc le copain de ma pote nathalie. il est d'une beauté insolente. craquant, pas très grand, costaud, il a une gueule de surfeur et le regard grivois.

coco est un vrai mec. l'air de rien, il roule un palot à nathalie, et je crois que s'il n'y avait pas de spectateurs autour de nous, la petite aurait plus de répondant car elle a le feu au cul quand elle voit son coquito chéri. je te comprends, ma belle. je sais ce que c'est que d'avoir envie de voir ton mec se vider dans ta bouche, je sais ce que c'est, mon chou.

gentleman comme toujours, je me lève et le regarde droit dans les yeux sans que brille aucune lueur susceptible de trahir mon côté grosse pédale, et je lui dis *salut coco, moi c'est gabriel. gabriel comment ?* qu'il me demande avec un petit sourire. je pense *merde, ce connard ne m'a jamais vu à la télé* et je réponds *gabriel barrios* d'un air on ne peut plus sérieux. *bien sûr, bien sûr, je rigole... qui ne te connaît pas, mon vieux ?* nathalie se marre, fière d'avoir un si beau mec. coco et moi, on se serre la main bien virilement, et je lui dis *assieds-toi, assieds-toi* en songeant que j'aurais vachement envie de m'asseoir sur ses genoux. on s'assoit tous les trois et coco, mignon dans sa petite veste en jean, une tronche de gros fêtard, me regarde et me sort *la forme ? oui, ça baigne.* il me dévisage et je le mate en ayant l'air de dire *tout doux, mon pote, moi aussi je peux jouer les durs à cuire, qu'est-ce que tu crois* ? mais je reste cordial et lâche *bois un coup, coco.* je le sers, on trinque, je le regarde en souriant parce que le gay qui est en moi refait surface. il sourit lui aussi. *je suis heureux de te connaître*, que je lui sors. *tout le plaisir est pour moi, vieux, tout le plaisir est pour moi.* nathalie est morte de rire parce qu'elle est stone et nerveuse. en fait, tu as envie de coucher avec nous deux et de redevenir la petite pute que tu es au fond de toi, fillette.

donc on picole et on dit deux ou trois conneries. coco se révèle être un gars renfermé et assez con. il continue de m'observer et, bien sûr, finit par me poser la sempiternelle question *dis donc, qu'est-ce qui t'a pris de traiter alan de fou, mon vieux ?* je lui raconte une fois de plus que j'ai demandé à ce taré d'alan s'il n'était pas fou, puis on bavarde de choses et d'autres, on liquide la sangria en profitant du petit vent frais qui souffle sur l'accueillante terrasse du beverly, et je me dis *il est mimi, ce coco*, persuadé que nathalie est d'accord avec moi. coco songe peut-être qu'il aimerait bien tirer un coup avec sa petite cochonne, car c'est bien connu : après un ou deux verres, tout le monde pense à la bagatelle qui nous rend dingues, les filles.

quand on est tous les trois à moitié pétés ou en tout cas assez gais, je leur dis *si on allait chez moi ? j'ai du champagne importé. ah, génial, bonne idée.* il faut dire qu'on est dans un état intéressant, et l'idée d'entraîner ce petit couple un peu carbo et encore tout excité, l'idée d'avoir chez moi ces deux petits jeunes à la peau blanche me branche terriblement, j'ai déjà envie d'être là-bas, si bien que j'appelle ernesto, je lui tends ma carte de crédit pour gagner du temps car je sais que ce que je voudrais bien qu'il arrive va arriver, je le sens, je le vois gros comme une maison. ces deux jeunes sont deux aventuriers finis qui se laisseront manipuler comme je l'entends.

je règle la note et on saute dans un taxi, direction mon appart.

je m'assois à l'avant, coco et nathalie occupent la banquette arrière. j'ignore s'ils s'embrassent car je ne les regarde pas et je m'en tape. je me tais, je suis à moitié bourré, encore stone, alors évite de m'adresser la parole, mon pote. contente-toi de conduire ton tas de tôle. ce soir, je n'ai aucune envie de me rappeler que je bosse à cette foutue téloche. putain, j'en ai marre qu'on me maquille tous les soirs que dieu fait. un de ces jours, je vais me tirer d'ici et je vous promets que plus jamais vous ne me verrez sur le programme télé, dans la rubrique de la sombra (il est sympa, la sombra, c'est un copain de julio iglesias et de cette beauté de chábeli, toujours au courant de tout et qu'on a envie de couvrir de baisers).

on arrive chez moi. on se dépêche de monter. dans l'ascenseur, on se regarde tous les trois, on se marre. nathalie et moi, on est à moitié stones, et coco est un peu bourré. *j'espère que tu as de la coke, coco*, me dis-je. dans cet immeuble moderne, chicos, sur le front de mer, n'importe qui serait prêt à jurer que j'ai plus de fric que je n'en ai en réalité, mais ce qui compte, c'est d'épater les gens, de les scandaliser pour qu'ils ne sachent plus où ils en sont. à ce propos, j'aimerais moi aussi me perdre un peu en sniffant quelques bonnes lignes, histoire de retrouver ma vivacité et d'être d'attaque, car mine de rien, on s'est éclusé deux grands pichets de sangria. le petit coco a une sacrée descente. tu sais, tu devrais quand même surveiller ton foie pour quand tu seras vieux, aussi moche et ridé que le mec en couverture du disque de cure (maintenant, je me rappelle qu'après avoir fait la teuf avec matías, on s'est fait des montagnes de lignes sur la gueule de ce type, et je me suis dit que si je continuais, j'allais finir aussi ridé, efflanqué et ravagé que lui. c'est ce jour-là que j'ai arrêté la dope, apparemment pour toujours).

on entre. j'allume la lumière. l'appart est vide à

part mon matelas, ma chaîne et quelques disques, presque tous de mozart et de bach car j'adore écouter leur musique quand il fait nuit, que lima dort et que je me sens seul et misérable d'être resté vivre dans cette triste ville où les gays sont si incompris.

génial, ton appart, me dit coquito, mignon dans sa veste en jean et son froc moulant, mais non, je ne veux pas reluquer son entrejambe parce que ça me mettrait l'eau à la bouche. *merci, merci, et désolé qu'il n'y ait pas plus de meubles. c'est mieux pour faire la fête*, dit nathalie. coco se fend la gueule et lui sort *du calme, ma biche*. j'ouvre les fenêtres et mets un disque de mecano (j'adore écouter ce groupe quand j'ai bu de la sangria. la vie est plus douce avec mecano et la sangria). je m'assois sur la moquette et nathalie se met à danser de manière aguichante, en remuant du cul devant coco, qui la rejoint avec un air de ne pas y toucher. je me lève, je baisse les stores parce que je ne veux pas qu'on m'épie de la rue (la coke me rend parano, je pense tout le temps qu'un voyou photographe va se cacher dans les arbustes qui bordent le malecón et prendre une photo de moi en train d'embrasser un garçon pour se livrer à un horrible chantage). nathalie et coquito continuent de danser, c'est la fête et moi, un peu bourré, je me lève et danse à mon tour, tout timide, collé au mur. ils n'arrêtent pas de danser, les deux petits jeunes excités. elle lui agite les seins et le cul sous le nez, et lui essaie de l'effleurer avec sa queue, de la pincer en lui lançant des regards de braise.

c'est la grosse fiesta dans mon appart.

et au milieu de cette teuf, j'ouvre du champ que je me suis rapporté de mon dernier voyage à miami. on continue de picoler et de danser et je crève d'envie de leur faire part de l'idée qui me trotte dans la tête depuis un moment, mais je crains de les choquer, alors je la garde pour moi tout en dansant scotché au mur. je me frotte le cul contre la cloison en me disant *comme j'aimerais avoir un beau garçon derrière moi*.

sans doute aidé par la sangria, j'ai fini par me lancer.

coco, tu veux venir un instant dans la cuisine ? lui ai-je demandé. il a cessé de danser, laissant nathalie gigoter toute seule, allumeuse, et m'a suivi dans la cuisine. là, on s'est regardés dans les yeux. je me suis dit *qu'est-ce que tu es beau, coquito, tu es tout à fait mon genre : blond, costaud, viril. les mecs comme toi me font perdre la tête*. sans détacher mes yeux des siens, j'ai soufflé *j'ai un truc à te proposer*. il a esquissé un demi sourire, comme s'il se doutait de quelque chose, et a murmuré *je t'écoute*, parce que les mecs un peu cons comme coco ne parlent que quand c'est nécessaire. *parle* qu'il m'a dit, et moi, mort de trouille mais aussi de désir, j'ai baissé d'un ton, je me suis rapproché de lui et j'ai lâché *je te donne cent dollars si tu te la fais devant moi*. il a plongé dans les miens ses yeux où brillait une flamme malicieuse. avant qu'il ait ouvert la bouche pour me répondre, je savais qu'il allait accepter, car pour cent dollars, ce garçon sans foi ni loi était prêt à bouffer sa sœur (l'avantage, quand tu bosses à la télé, c'est que tu gagnes un peu d'argent, que tu peux jouer à être dieu avec les jeunes de lima, les faire danser et baiser devant toi). coquito m'a longuement regardé, comme pour chercher à me sonder, et m'a lancé *et toi, tu ne vas rien faire ? non, je veux juste vous voir* ai-je répondu, certain que l'affaire était dans le sac. il a agité la tête, l'air de dire *je savais que tu étais un obsédé de première, barrios. tu es un malade. quand on regarde ton émission, ça crève les yeux. okay, mais tu me files le fric d'abord, et si jamais tu la touches, je te massacre*. tout sourire, je l'ai rassuré. *du calme, coquito, ne t'inquiète pas*. alors, avec audace, j'ai passé innocemment une main dans ses cheveux blonds et il a souri. tout doux, mon petit ange, je te branle quand tu veux. *attends-moi, j'arrive tout de suite*, lui ai-je dit.

je suis allé dans ma chambre, j'ai ouvert la penderie, pris l'argent, regagné la cuisine et lui ai donné ses cent dollars.

coco n'a rien dit de plus.

on est sortis de la cuisine et on a continué de danser. coco a généreusement resservi du champagne à nathalie, et cinq minutes plus tard, il se la farcissait sous mes yeux. assis sur la moquette, adossé à la fenêtre, je le voyais lui tripoter les seins, se plaquer contre elle, la chauffer sur la musique de mecano. il l'a embrassée sur la bouche, dans le cou, sur la poitrine, lui a caressé les seins. quand ils se sont allongés sur la moquette, nathalie était tellement bourrée qu'elle ne savait plus trop où elle était, mais ce dont elle était sûre, c'est qu'elle voulait baiser avec son petit coco. il a ouvert sa braguette, baissé son pantalon et s'est jeté sur elle pour l'embrasser, lui mordre le nombril, mordiller ses cuisses fermes et lécher tout doucement son petit con jusqu'à la faire gémir de plaisir. alors il a lui aussi baissé son froc et a déballé sa grosse queue bien dure, décalottée. moi, je me paluchais pendant que coco torturait la chatte en chaleur de nathalie parce qu'il ne voulait pas la sauter tout de suite. trempée, elle réclamait son coup de bite à grands cris, mais lui, le salaud, il l'a frottée contre le corail de ses grosses lèvres, plusieurs fois de suite, comme un stick de déodorant. elle vibrait de plaisir, les yeux fermés. son corps tout entier voulait son braquemart, mais coco attendait, en homme d'expérience à qui on ne la fait pas. moi je n'en pouvais plus et je me branlais comme un fou. il a fini par fourrer sa grosse queue dans son petit con mouillé, et je ne voyais plus que son petit cul blanc s'agiter devant moi qui allais tout lâcher, tout lâcher.

VIII

après, on a marché tous les trois jusqu'au cielo. mariano y chantait. on n'avait pas de coke et ça nous manquait cruellement, car la nuit à lima est beaucoup plus sympa quand on a un peu de coke dans sa poche.

j'aurais juré que coco en avait, bien cachée quelque part, et qu'il ne voulait pas la sortir. connard. dire que je t'ai filé cent dollars et que tu n'es même pas foutu de me proposer un peu de ta came.

nathalie était toujours explosée. la baise lui avait fait du bien. elle avait l'air décontractée, heureuse de vivre, la petite. elle se fichait éperdument de s'être fait trombiner devant moi. elle ne savait même pas que son crétin de coco avait été payé pour la peine.

on avait pris l'avenue pardo et on cheminait à côté de voitures qui avaient l'air d'épaves, de trous impressionnants, d'immeubles grotesques, de banques fermées, de cafés trop éclairés, le bingo des solitaires où les putes et les rats se regardent en chiens de faïence. mais lima est comme ça, et si cette ville ne te plaît pas, tu n'as qu'à dégager à miami.

on ne nous a pas fait payer l'entrée. l'extraterrestre sympa m'a sorti les mêmes blagues vaseuses que d'habitude et m'a laissé passer. coco et nathalie se sont engouffrés derrière moi, pas gênés. je n'avais que deux idées en tête : trouver de la coke et coucher avec mariano. le soir même. on ne sait jamais ce que l'avenir nous réserve. ne remets pas à demain ce que tu peux faire aujourd'hui. j'avais beau m'être copieusement branlé en regardant baiser les deux ardents tourtereaux chez moi, j'avais malgré cela (ou justement pour cette raison-là) envie de mariano.

mais mariano n'était pas là quand on est arrivés. ni lui ni son foutu groupe de défoncés, les *ilegales*.

ils doivent être en train de sniffer quelque part, ai-je pensé.

le cielo était bondé car après tout, le beau mariano avait ses fans dans la jeunesse de miraflores, de san isidro et des collines de la molina. il faut dire qu'il jouait comme un dieu et que ses chansons jouissaient d'une certaine popularité, même si elles ne passaient pas à la radio. j'imagine que les programmateurs rasoirs qui n'osent jamais faire passer une chanson appelant un chat, un chat devaient trouver les paroles trop insolentes. arrêtez de crier, bande d'ignares, laissez faire la musique, qui parle d'elle-même, et fermez vos gueules.

nathalie, coco et moi on s'est installés à l'une des rares tables encore libres, parce que comme je viens de vous le dire, le cielo était bourré de petites nanas et de jeunes filles qui sortaient pour la première fois de leur vie. le samedi soir, tout le monde sait que c'est le jour où les benêts qui font leurs études à l'université richie ou san martín se montrent dans les bars en espérant s'aligner sur nous, qui faisons bouger les choses. ne vous faites pas d'illusions, mes chéris, ce n'est pas parce que vous portez des makario et des lee d'imitation que vous allez nous ressembler. vous êtes et resterez des *brownies* ringards (inutile de vous asperger de parfum pour cacher vos origines, les mecs. chassez le naturel, il revient au galop).

le week-end, les endroits comme le cielo regorgent de types interchangeables et de rockers cocaïnomanes à deux balles, de petites nénettes qui rêvent de devenir secrétaires. le patron doit se faire des couilles en or, car il ne verse qu'une somme symbolique à mariano et aux défoncés de son groupe, qui leur permet tout juste de s'acheter leur came et d'éponger leurs dettes. mais ils ne se produisent pas pour l'argent. ils le font pour le plaisir de chanter leurs chansons émouvantes devant un public de lèche-culs qui, quoi qu'il arrive, va profiter ce soir de celui de mariano.

non mais tu as vu l'heure, mariano ? je t'attends, mon chéri, je suis là, à brûler d'amour pour toi, je suis ta groupie numéro un, inconditionnelle, la même qu'hier. je suis arrivé très tôt au concert pour te voir allumer les garçons et les filles, car je sais que tu marches à voile et à vapeur, mon salaud. je te demande juste de rester avec moi quand ce sera fini, d'accord ? je t'emmènerai chez moi, on s'ouvrira une bouteille de champ et on se saupoudrera la langue de bonne coke. on se mettra en condition et zou, je passerai à la caisse, je te montrerai mon cul et tu m'enverras au ciel, puis on fera l'inverse et vice versa. moi, pour toi, je suis toujours *ready*, mon chou.

on s'installe tous les trois à une table au fond de la salle, et les niais me regardent déjà. putain, je ne peux aller nulle part à lima sans que ces connards me lancent des regards pleins de rancœur gratuite. certaines nanas deviennent observatrices *regarde, patty, là derrière, je te jure que c'est gabriel barrios, je te jure que c'est lui, patty, ça le change, les lunettes, tu ne trouves pas ?* moi, toute timide, j'évite l'*eye contact* avec toute cette engeance féminine, et comme je ne regarde nulle part, coco me fait *putain, ça doit être chiant qu'on te reconnaisse partout où tu vas. c'est le prix de la célébrité*, dit nathalie. coco pouffe de rire *le prix de la célébrité, c'est bien vrai, ça.* et pendant un instant, il me font l'effet de deux grands bêtas qui, hormis le fait qu'ils sont baisables (parce que j'ai beau être gay, je joue quand même dans les deux équipes et en matière de sexe, je suis hyper flexible et absolument pas dogmatique) sont à moitié tarés et plutôt lourdingues, si vous voyez ce que je veux dire. mais puisqu'on est là, autant essayer de passer une bonne soirée. coco a eu le bon goût de ne pas me poser de questions indiscrètes du genre *c'est vrai ce qu'on raconte sur toi ? que tu es pédé ?* non, pour le moment, il les a gardées pour lui, mais si jamais il m'interroge, je n'ai pas l'intention de lui mentir. on ment beaucoup dans cette ville perfide, et je gagne ma croûte en mentant à l'antenne, en me donnant les airs d'un trouduc obsédé que je ne suis pas car, au fond, je suis une demoiselle de bonne famille aisée qui cherche désespérément à trouver son bonheur à travers une bite et la tendresse d'un homme, deux choses qu'on ne peut pas toujours avoir en même temps. mais si je devais choisir, je préférerais la bite sans tendresse à la tendresse sans bite et je n'ai pas à y réfléchir à deux fois, ma fille. on a passé l'âge de jouer les hypocrites.

le serveur vient nous trouver. coco et nathalie commandent de l'alcool ; moi, un coca glacé. je suis ravi de ne pas avoir vu la tronche du gros connard qui est à la caisse. ce soir, je suis fatigué et avachi. je veux juste que mariano arrive pour lui demander s'il a de la coke. sur ce, le crétin de coco se lève et nous dit *je reviens de suite*. il file aux toilettes. je me dis *ah non, pas question que ce salopard sniffe sans payer le péage*. je m'apprête à quitter la table, mais sur le ton de la confidence, comme si nous étions deux amies intimes, décontractée parce qu'elle a eu son compte et qu'elle est encore toute chaude de son petit va et vient, nathalie me sort *alors, comment tu trouves coco ? il est génial, pas vrai ? il est super sympa et en plus, il est mignon*. très flattée, elle m'adresse un grand sourire aguicheur et souffle *oui, il a du charme et il le sait, le salaud. désolé, il faut que j'aille pisser, je n'en ai pas pour longtemps*, lui dis-je me levant aussi sec. je me dirige vers les toilettes, les yeux rivés au sol pour qu'aucun abruti ne vienne me lâcher un tissu de conneries sur ce qu'il aime et n'aime pas dans mon émission, tout ça pour finir par m'annoncer que lui et ses copains de la richie ont monté un groupe et qu'ils adoreraient que je les invite.

tu devras d'abord me toucher la bite, espèce de résidu de fausse couche.

donc, en faisant profil bas, je vais aux toilettes, j'entre et à ma grande surprise, je constate que coco est en train de pisser. je me poste à côté de lui et ouvre ma braguette tout en coulissant un œil vers l'engin, la grosse pendeloque, le formidable accessoire qui fait délirer nathalie. il me voit faire. *qu'est-ce que tu as ?* me demande-t-il. je cesse de le mater par en dessous mais je ne peux pas nier qu'il me branche bien et que la pédale qui est en moi vient de refaire surface en regardant la pièce flamboyante qu'il secoue fièrement, dans le plus pur style des beaux mecs de miraflores. moi, je traîne parce que je n'ai pas la moindre envie de pisser. tout ce que je veux, c'est lui taper un peu de coke. ne sois pas rapiat, coco, n'oublie pas tes potes. moi, le samedi soir, j'ai toujours le pif qui me démange. la coke est ma perdition. je ne peux pas y échapper.

tu n'aurais pas quelques lignes pour moi ? il me regarde droit dans les yeux avec un sourire de voyou (où es-tu, à présent, coquito ? dans quelle galère t'es-tu fourré ?) et me dit *je n'ai rien. si j'avais eu quelque chose, je t'en aurais proposé*. j'insiste *allez, sors ton sachet. je te jure que je n'ai rien, vieux. je ne refuse jamais un peu de came à mes potes.*

je le mate en baissant la tête. ce n'est pas que je me sente supérieur, mais il est plus petit que moi. *je te crois, je te crois. tu ne saurais pas où on peut en trouver dans le quartier ?* il consulte sa montre, se mord la langue, me regarde en écarquillant les yeux, bercé par la douce illusion de pouvoir sniffer un peu de coke et répond *si, tout près d'ici, à trois cents mètres, il y a un mec qui vend de l'assez bonne came*. je ne tiens plus en place, car si on me dit qu'il y a de la dope à trois cents mètres, je pars en courant et je suis capable de gagner le marathon cafetal. je lui dis *allons-y tout de suite. et qu'est-ce qu'on fait de nathalie ? rien, elle n'a qu'à venir avec nous, ça ne me pose pas de problème. non, impossible. elle me fait la gueule à chaque fois que je sniffe. ah oui, c'est vrai, j'avais oublié*. nathalie m'a pourtant dit que la came transformait son joli petit coco bien monté en brute épaisse, que quand il sniffait, il n'arrivait pas à bander et n'avait plus la moindre envie de baiser. coco me fait *on n'a qu'à lui dire qu'on va chercher du fric chez toi ou autre chose, elle le croira. parfait, allons-y. mais il n'est pas question qu'elle vienne avec nous*, précise coco. *ah non, moi aussi ça me ferait chier* (et à propos de chier, quelqu'un doit être en train de couler un bronze dans les gogues parce ce que ça sent la merde à plein nez).

on se magne de sortir. ce petit con de coco est devant moi, qui lui emboîte le pas, grand et putassier. on regagne notre table et j'annonce à nathalie *on revient de suite, il faut que je retourne chez moi, j'ai oublié mon portefeuille. attends-moi ici, chérie, on n'en a pas pour longtemps, je vais avec gabriel. quoi ? vous me laissez toute seule ? oui, il faut bien que quelqu'un garde la table*, répond coco d'un ton ferme et sans réplique. un peu froissée, elle ne bronche pas car elle est prête à tout supporter pour satisfaire le beau coco. *bon, d'accord, mais ne traînez pas trop. tchao, ma puce !* lui dit-il en lui tirant les cheveux comme un gros mâle dominant. je lui lance *nathalie, on revient tout de suite*. on déguerpit aussi sec. l'extraterrestre me voit à nouveau flanqué du joli coco et rigole, désormais convaincu que j'ai un petit faible pour les mecs, mais il m'aime bien quand même parce que c'est un chouette gars.

on marche sans rien dire, les mains dans les poches, coco d'un pas plus vif que le mien, sérieux, viril. moi, je le suis. c'est agréable de se promener dans ces rues sales et dangereuses avec un beau petit mec. c'est génial de se savoir pédé, cocaïnomane, perdu. tu m'as dans la poche, coco, tu es tout à fait mon genre et je pourrais tomber amoureux de toi, mais je m'en garderai car je sais que tu me mépriserais, que même pour de l'argent, tu refuserais de me baiser. je sais que ça t'écœurerait. matías a fait pareil avec moi, il m'a démoli et j'ai voulu mettre fin à mes jours, mais je crois que j'ai bien retenu la leçon.

voilà pourquoi je ne me fais pas trop d'illusions sur ton compte et je continue de penser à mariano. lui, au moins, il m'aime, il a envie de me baiser, ça ne le dégoûte pas. parce que tout ce que j'ai appris jusqu'à présent, c'est qu'il y a deux sortes d'hommes : ceux qui feraient n'importe quoi pour une belle queue et ceux que la simple idée de toucher à la bite d'autrui révulse. je fais clairement partie de la première catégorie et il en sera ainsi jusqu'à ma mort car personne ne me changera (à ce sujet, oublie l'injection d'hormones, maman : *too late, darling*).

toutes ces pensées défilent dans ma tête tandis qu'on marche dans ces rues craignos, puis coco s'arrête et me dit *c'est là, donne-moi l'argent.* je sors mon portefeuille et lui file un gros bifton, il entre dans une maison à moitié plongée dans la pénombre, sonne à la porte. je reste dehors car je ne veux pas que le dealer me reconnaisse (c'est l'un des inconvénients de la célébrité : c'est tout un cirque pour t'acheter de la coke ou de la marihuana. les mecs ne veulent pas te servir, ils ont peur que tu les dénonces à la télé ou que tu aies caché une caméra dans ta voiture).

coquito discute avec le métis qui lui a ouvert la porte et entre dans cette maison pourrie. j'attends dans la rue, je grince des dents et je me passe la langue sur les lèvres en me disant *c'est super, il n'y a qu'à lima, il n'y a que dans cette horrible ville qu'on vend de la coke à tous les coins de rue* (précisons au passage qu'il s'agit d'une excellente coke digne d'être exportée, une coke si forte qui, si tu la sniffes quand ce n'est pas ton jour de chance, peut t'envoyer direct dans l'autre monde).

magne-toi, coquito. ne traîne pas, pense que je suis là, seule et sans défense, et que si jamais trois ou quatre métis venaient à passer, ils iraient jusqu'à me dépouiller de mes pompes, même si elles sont vieilles.

oh que j'ai peur. j'ai toujours eu peur du noir. *brrrrr*. j'ouvre ma braguette et je pisse contre un mur, sur la voie publique. peu importe. tout le monde pisse dans les rues de cette ville. je regarde le petit ruisseau qui s'est formé à mes pieds et coule sur l'asphalte pour se frayer un chemin plus loin. j'ai presque fini quand j'entends *ça y est, on peut y aller*.

c'est coquito, tout sourire, sûr de lui, victorieux, vif. il a caché le sachet sous sa veste. je remballe ma queue fissa parce que je ne veux pas que coco voie que je ne suis pas précisément *extra large* et je m'exclame *génial, on va la goûter tout de suite*! il se marre *pas ici, il y a tout le temps des flics qui patrouillent. d'accord, allons-y.* on regagne le cielo à toute allure. *combien tu l'as payée ? cinquante sols. putain, génial, j'ai vraiment envie de me faire un rail.*

comme je l'ai déjà dit, le samedi soir mon corps réclame deux choses : un mec et de la dope. j'ai déjà la coke d'assurée, ne manque plus que le cavalier. ne me fais pas faux bond, mariano. tu es mon seul espoir, mon bel espoir. ils ne nous auront pas, vieux, ils ne nous auront pas.

on entre au cielo non sans avoir salué avec toute la tendresse requise l'extraterrestre qui est devant la porte et ne m'a encore jamais fait payer l'entrée. c'est pour ça que je l'aime tant. coco me dit *si on va aux toilettes ensemble, nathalie va se douter de quelque chose. j'y vais d'abord et je te refile le sachet en douce. parfait.*

coco fonce aux toilettes pendant que je m'installe à côté de nathalie, qui sirote une bière et papote avec une amie très laide, grosse, avec un nez en pied de marmite. nathalie me la présente et je lui donne un baiser sur la joue. beurk… ça me coûte d'embrasser une mocheté. je ne peux rien faire avec les laiderons, chérie. s'il y a un défaut que je ne pardonne pas à une femme, c'est l'absence agressive de beauté. ce n'est pas pareil avec les garçons. quand un mec est bien monté, tu peux oublier le reste dans un moment de grande excitation, tu peux lui pardonner son aspect disgracieux. mais c'est différent avec une femme. on échange quelques futilités, je bois mon coca glacé pour bien m'hydrater la gorge avant que la coke me vrille le nez. coco doit s'en donner à cœur joie avec ma came, le salaud, il s'envoie ligne sur ligne pendant que je souffre le martyre, en proie au désespoir, gagné par la nervosité car j'en ai besoin tout de suite, là, maintenant, et je sais que ce trouduc va me piquer la moitié du sachet et me laisser à peine de quoi tenir jusqu'à minuit. et après… après qui me remettra d'aplomb, qui rechargera mes batteries quand la descente s'amorcera et que je mourrai d'envie de me défoncer encore un peu ? coco, ne fais pas le con et dis-toi que j'ai été sympa avec toi.

il revient enfin.

il est stone, ça se voit à des kilomètres. il ne fait pas de grimaces mais tire une autre gueule et a un sourire de parano. et pendant qu'on discute tous les quatre, coquito me passe le sachet sous la table (j'espère qu'aucun des crétins de l'université richie n'a bénéficié de l'opération, mais si jamais c'était le cas, je l'emmerde grave parce que je suis camé, pédé et que je me fous du reste). le sachet en main, je leur dis *je reviens, je vais dire bonjour à un pote*, et je me lève pour aller direct au bar. *salut, tu vas bien ?* dis-je à tête de lard, qui trône derrière sa caisse. surpris que je le salue aussi cordialement, le con me dit *pas mal, vieux, pas mal, je ne peux pas me plaindre*. je pense *pourquoi tu te plaindrais, ducon ? que tu te plaignes ou pas, tu restes un connard de première*. je lui dis *à quelle heure arrivent les musiciens du groupe de mariano ?* il consulte sa montre. *ils ne devraient pas tarder. en principe, le concert commence à dix heures et il est dix heures et demie. aïe, mariano, qu'est-ce que tu fabriques, mon chou, qu'est-ce que tu fabriques ?*

je pousse la porte des toilettes.

merde. trois ou quatre crétins font la queue pour aller pisser et bien sûr, tous me reconnaissent, m'adressent la parole pour me dire des débilités. ils sont simiesques, je les fais rigoler, parce que devant ces connards, je redeviens le clown de la télé. ils finissent par vider les lieux l'un après l'autre. *tchao, gabrielito, passe me voir à ma table, après, on boira un coup et je te présenterai ma copine. okay, vieux, okay*, que je lui dis en pensant *dégage, avorton, fais ta vie et fiche-moi la paix*. quand ces blaireaux sont enfin tous partis (comme je l'ai déjà dit, le cielo est bourré d'abrutis le samedi), j'entre dans les cabinets qui puent la merde et je tire le verrou. c'est dégueulasse, quelqu'un a chié et oublié de tirer la chasse. je sors le sachet de coke, je regarde ce qu'il y a et songe que le joli coco s'est bien foutu de moi, parce qu'avec tout le fric que je lui ai filé, il aurait pu acheter beaucoup plus de came, mais bon, j'ai quand même de quoi me faire quelques bonnes petites lignes. je ne vais pas chipoter ni lui faire les poches. je sors mon permis de conduire et *snif, snif*, que c'est bon, je sens déjà la dope me tourner la tête. je m'en envoie encore deux autres lignes histoire d'être bien chargé, *snif, snif*, et m'en colle un peu sur la langue. je savoure ce moment, mon corps tremble, c'est vraiment génial, je suis un défoncé de première, puis je referme le sachet et je sors de cet endroit qui sent la merde sans regarder les deux mecs qui attendent. il ne s'agirait pas qu'ils me demandent de leur en donner un peu car je ne compte en filer à personne. je sors donc et là, je tombe sur mariano.

mariano, tu es enfin arrivé ! gabrielito, je suis content que tu sois venu. tu ne m'as pas appelé de la journée, ce n'est pas très sympa. désolé, désolé. dis, qu'il me fait en baissant d'un ton, *tu n'aurais pas un peu de coke pour recharger mes batteries ? si, mais il y a beaucoup de monde aux toilettes. on n'a qu'à aller dehors, mais vite parce que le concert va bientôt commencer.* ravi d'avoir retrouvé mon petit mariano adoré, je lui dis *okay, allons-y.*

on sort donc du cielo. le mec devant la porte ne se donne même plus la peine de me regarder parce qu'il sait que je suis stone, c'est trop bizarre de passer son temps à entrer et sortir avec une tronche qui en dit long sur mon état. on va au coin de la rue, on se planque et, pas gêné le moins du monde, je sors le sachet et le tends à ce petit allumeur de mariano. il se fait deux grosses lignes. moi, je ne peux plus résister et je lui roule un gros palot en pleine rue. il me le rend en disant, hilare, *n'exagère pas, gabrielito.* je profite de la panique pour m'envoyer une autre petite ligne parce que je veux être défoncé comme une bête.

on est à peine entrés au cielo qu'on entend *mariano ! nina, salut, salut !* grosses étreintes, grandes embrassades. jaloux comme un pou, je me dis *pour qui elle se prend, cette petite garce ? elle a beau être mignonne et avoir du monde au balcon, elle m'a déjà piqué mon jimmy boy et voilà qu'elle drague mariano !*

ce n'est pas juste. j'ai galéré ce qu'il fallait pour dénicher une belle petite bite. pas question qu'une nana aux dents qui rayent le parquet m'enlève ce que j'ai gagné à la sueur de mon front.

gabriel, je te présente nina, me fait mariano. je lui sors *salut, ça va ?* en essayant de dissimuler tout le mépris qu'elle m'inspire et en matant ses nichons. *salut* et *smack*, elle m'embrasse sur la joue. tu sais nina, tu es peut-être canon mais il ne faut pas marcher sur mes platebandes, okay ? laisse mon petit mariano tranquille, sinon on va finir par s'arracher les cheveux et se donner des coups de sein, ma fille. ne me provoque pas car je peux devenir méchante, me souvenir des rudiments de catch qu'on m'a appris, te faire la prise des ciseaux volants et t'arracher les ovaires avec les dents, tu piges ?

bon, ben... à tout à l'heure, gabrielito, me dit mariano avant d'aller chanter. nina le suit et s'assoit au premier rang. mariano monte sur scène et salue le public de veaux, de futures secrétaires bilingues et employées d'agences de voyages en canoë, et tous applaudissent, déjà à moitié bourrés. vaincue et défaite mais bien défoncée, je regagne non pas la table où coquito et nathalie se font des mamours car je n'ai pas envie d'être avec eux (il me font chier, et puis ce salopard de coco m'a piqué presque toute ma came), mais au bar, où je suis plus à l'aise parce que le petit inca craquant qui sert le samedi me drague toujours un peu. je suis ravi d'être près de toi, petit bosseur ardu à la tâche. j'avoue que je t'admire, indien industrieux.

debout au bar, je regarde mariano chanter les vingt et une chansons de son répertoire. elles ne me font plus le même effet que le premier soir. il ne me semble plus aussi beau, je le trouve plus maigre, moins séduisant et assez merdeux, mais il me plaît et je meurs d'envie de me le choper à la fin du concert. cela dit, quelque chose s'est brisé, la magie s'est rompue, sans doute à cause de la coke. quand j'ai sniffé je me sens plus lucide, alors qu'après un joint, comme celui que j'avais fumé le soir où on s'est rencontrés, j'ai tendance à tout enjoliver.

mariano chante encore. moi, je me fais des lignes et sirote mon coca en minaudant avec le barman, qui ne me baisera jamais parce qu'il n'est manifestement pas gay, n'empêche qu'il prend plaisir à faire le joli cœur avec moi. contrairement à ses amis, il sait que *barrios est pédé, mon vieux, je te jure, je l'ai remarqué car quand je bosse, il est toujours là, à rigoler et à me regarder du coin de l'œil. il me dit tu as l'air en forme aujourd'hui, julito, de plus en plus en forme, tu es beau physiquement, je te jure qu'il me sort ça, il a les yeux qui traînent à hauteur de ma braguette comme ceux d'un petit agneau qu'on mène à l'abattoir, et il me dit tu rajeunis de jour en jour, julito. barrios est pédé, c'est clair comme de l'eau de roche, mais il est quand même sympa. parfois, il m'apporte des cadeaux, comme cette belle swatch. barrios est un mec extra et ce qu'il fait avec son cul ne regarde que lui, pas vrai ?*

ça y est, je suis raide. il ne m'a pas fallu plus d'une demi-heure pour être carbo.

mariano se lasse de chanter ses chansons habituelles et descend de scène. on l'applaudit. il se dirige droit vers moi et me murmure à l'oreille, en sueur, efflanqué et tout à moi *viens aux toilettes*.

il y va, je le suis. julito m'observe de loin. il sait qu'on est deux gros camés, ce qui n'est pas son cas. julito est un garçon travailleur et appliqué qui donne chaque jour le meilleur de lui-même pour le bien de la patrie et de ses proches. il est mignon, ce petit julio qui apporte son grain de sable sur l'autel du bien-être national.

mariano et moi on va aux chiottes et on s'enferme dans le réduit qui pue la merde. je sors la dope, la lui tends. il s'en colle deux bonnes lignes dans les naseaux. *tu chantes super bien, ce soir*, mais je dis ça juste histoire de lui remonter le moral parce que j'ai passé la première partie du concert à faire du gringue à julito et à observer cette peste de nina, qui constitue une menace carabinée mais qui, pour dire la vérité, est une grosse bombe. je me fais moi aussi deux lignes pendant que mariano se fourre un doigt dans le nez et le lèche. avant qu'on ressorte, je le chope et je l'embrasse, c'est trop bon quand on est défoncé. *après le concert, tu viens chez moi ? désolé, gabrielito, mais j'ai promis à nina de sortir avec elle. comme un con, je demande nina ? quelle nina ? nina, ma copine.* aïe, que c'est douloureux, retenez-moi, je vais tomber dans les pommes. je bredouille *ta copine ? ouais, la fille que je t'ai présentée quand on est arrivés. ah, d'accord*, dis-je en baissant la tête. *désolé, gabrielito, mais aujourd'hui, ce n'est pas possible*, me fait mariano en sortant des gogues. je reste là, à regarder ma tronche de défoncé dans le miroir. je transpire comme un malade et je sens mon cœur battre la chamade. putain, qu'est-ce que je transpire : mes aisselles, mon front, mes mains sont dégoulinants de sueur. je deviens une vraie fontaine quand je suis stone et angoissé parce que personne ne m'aime. je me passe de l'eau sur le visage et sors des toilettes. je vais au bar et demande *julito, encore un coca. tout de suite, gabrielito*. je suis désespérée, anxieuse, éconduite. j'ai envie d'aller trouver cette salope de nina et de lui dire *petite pute, espèce de petite pute, comment oses-tu me piquer l'homme qui donnait un sens à ma vie ?* jalouse et abattue, je m'approche de julito quand il me sert mon coca. *dis, julito, à quelle heure tu finis le boulot* ? il sourit *à deux heures et demie, gabrielito, pourquoi ? tu ne veux pas venir boire un verre chez moi ? merci, c'est gentil, mais quand je sors d'ici, je suis crevé et j'ai plusieurs bus à prendre avant d'arriver à la maison. tu sais que j'habite loin d'ici, gabrielito. okay, julito, il n'y a pas de problème*, lui dis-je en pensant *en fait, tu as compris que j'aimerais bien qu'on baise ensemble, pas vrai* ? je vois mariano bavarder et enlacer nina juste avant de remonter sur scène et je me sens horrible, dégoûtante, speedée, en sueur, seule et sans amour, sans la tendresse, la complicité, la compréhension d'un homme qui puisse me rendre heureuse. je me dirige vers la porte, vaincue, vidée de toutes mes illusions, et je quitte le cielo sans dire au revoir à personne, maudissant cette foule nauséabonde de connards, de salopes, d'avortons et de passeurs de came à cinq mille dollars.

qu'est-ce qui t'arrive, gabrielito ? tu n'as pas aimé le concert ? me demande l'extraterrestre rigolo qui contrôle les entrées. j'essaie de sourire (mais c'est dur de sourire quand on est triste : j'arrive à peine à esquisser une grimace pathétique) et lui dis *non, le problème, c'est que je ne me sens pas très bien*. sympa, il me répond *va te coucher. faire la fête, ça crève. merci, merci.*

je rentre chez moi à pied. seul. vaincu. défoncé. j'ai envie de quitter cette ville. je ne vais pas pouvoir dormir. pourquoi aller au lit si c'est pour cogiter ? je déteste cogiter. un jour, je vais sauter par la fenêtre pour arrêter de penser. ne te couche pas, mon vieux. oublie mariano. c'était juste une illusion, encore un autre connard qui finit avec une nana. ne te couche pas et continue de sniffer, tu as encore de la coke dans ta poche. je vois un taxi, le hèle et dis au chauffeur *au malecón, s'il vous plaît. et si ça ne vous dérange pas, éteignez la musique*. il tire la tronche mais éteint la radio. son tas de tôle roule difficilement en faisant un bruit démentiel qui me donne envie de déguerpir d'ici pour ne jamais revenir.

je ne peux plus être gay et cocaïnomane à lima. je suis en train de me tuer. lima me tue.

ne pleure pas, gabriel. quand tu es stone, les larmes ont un sale goût, des relents d'amertume. je ravale mes larmes amères tandis que le taxi roule lentement, dans un fracas d'enfer, vers le malecón.

Du même auteur

paru aux éditions Adventice :

Ne le dis à personne (ISBN 978-2-9524-0742-7)

Retrouvez tous nos livres sur
www.adventice.com

Envoi de manuscrits,
demande de catalogue,
commandes par correspondance :

Adventice éditions
13, rue Georges Auric
75019 Paris

N° Azur : 0 810 811 480 (prix appel local)

edition@adventice.com

NOTES

NOTES

NOTES

Cet ouvrage a été imprimé par Barnéoud à Laval
pour le compte des éditions Adventice.

Dépôt légal : novembre 2008
Numéro d'impression : 811012

Imprimé en France